Hobert Limoeiro

CRÔNICAS DO JÚRI:

vivências reais de um jovem tribuno.

2024

Apresentação

Dizem que a história é escrita por aqueles que venceram, mas aqui não carrego qualquer soberba, já que para algumas vitórias, muitas foram as derrotas. As "CRÔNICAS DO JÚRI: vivências reais de um jovem tribuno" nasceram com a simples iniciativa de se eternizar em palavras os sentimentos de um jovem, e por muito desacreditado advogado, apaixonado pela justiça e amante do júri, que busca em seu sacerdócio servir ao próximo.

Ser advogado do júri, antes de tudo, é ser instrumento de justiça e segunda chance. Em nenhum outro lugar, sinto a presença do Criador de forma tão latente. É inexplicável o modo com que os casos me escolhem, as teses que se apresentam como luz, e as palavras que ecoam em plenário...

Espero que ao lerem, consigam sentir nas palavras todos os sentimentos das histórias reais, de pessoas reais, e de uma advocacia combativa que não recua frente às injustiças. Para preservar a identidade dos envolvidos, os nomes podem ter sido ou não alterados.

A Deus, toda honra e toda glória! Pr. 16:3

Para Simone, quem Deus me presenteou como mãe.

AGRADECIMENTOS

A Deus pelo dom da vida, e por ter me escolhido para o sacerdócio de servir aos meus irmãos em seus piores momentos, saciando de justiça e segunda chance aos injustiçados e arrependidos.

Aos meus avós paternos *in memória*, Erotides Lino, a quem mesmo sem conhecer, ouço muito da nossa semelhança. Quezinha *in memória*, obrigado pelas mais incríveis lembranças, saiba que nunca deixei de rezar o "pai nosso" e rogar por proteção.

Aos meus avós maternos, Inácio e Detinha, saibam que sempre serão meus exemplos de fé, família e amor. A minha Bisa Flora, que como flor leva alegria por onde passa.

Aos meus pais Dide e Simone, nunca terei palavras para agradecer pelos princípios, e pelos sacrifícios também financeiros que fizeram para que eu tivesse a melhor educação. A minha promessa de honra-los nunca será quebrada!

Minha irmã Marina, que mesmo longe, nunca deixou de ser presente.

Aos meus familiares e amigos que sempre estiveram ao meu lado apoiando e incentivando a ir além.

Aos amigos que as trincheiras dos júris me trouxeram, Ramon e Liz, criminalistas que pulsam a essência da defesa. Ao meu amigo Junior, e minha eterna orientadora Lisandra, que ainda na graduação incentivaram e lapidaram o desejo pelos escritos.

Aos meus amigos Henrique e Victor, que nossa semeadura nos rendam doces frutos. A Melissa e Ana Clara, minhas fieis escudeiras. Babi e Kevin, o improvável aconteceu...

Aos meus filhos Bento e Maria Helena, que me fazem diariamente ressignificar o sentido e beleza da vida.

Sumário

CAPÍTULO I

- Saidinha do crime — 1º julgamento.....................9
- Primeiros passos...20
- Preparativos para o plenário............................21
- O grande dia chegou..................................22
- As testemunhas do plenário..............................27
- Os debates...29
- A réplica ministerial..35
- A sentença...36

CAPÍTULO II

- Saidinha do crime — 2º julgamento......................38
- As oitivas em plenário...44
- O corréu proprietário do carro.............................45
- O delator...47
- Os debates começaram..50
- Com a palavra, a defesa......................................52
- A votação..59

CAPÍTULO III

- O alcoolismo no banco dos réus..........................63
- O dia da audiência – 1ª fase do júri......................69
- A liberdade...72
- 2ª audiência 74

- Dia de júri: o alcoolismo no banco dos réus...........76
- O desfecho...79

CAPÍTULO IV

- Amigos: até que a morte nos separe......................85
- A prisão em suposto flagrante.............................89
- Preparação para o júri.......................................90
- O laudo de necropsia..91
- Chegou o grande dia...93
- As testemunhas em plenário..............................94
- O interrogatório: onde as palavras transbordaram pelos olhos...96
- Iniciados os debates: Acusação x Defesa.............100

- Encerrados os debates: resultado final...............105

CAPÍTULO V

- Bandido de nome e sobrenome...........................109
- Do injusto pedido de prisão.............................116
- 1ª fase do júri...119
- Dos atos finais da primeira fase.........................122
- O dia do julgamento...125
- Aberta a sessão de julgamento – 1º dia...............127
- Retomada a sessão de julgamento – 2º dia..........131
- Preparação para os debates.............................136
- Sala secreta..142

Capítulo I

Saidinha do crime - 1º julgamento

O ano era 2018. Não só o estado da Bahia, como todo o Brasil, enfrentava uma ascensão criminosa, em especial, dos números alarmantes de casos de homicídios relacionados à disputa e hegemonia do tráfico de drogas.

Em Vitória da Conquista, segundo as investigações, duas grandes facções disputavam com sangue o controle do crime. Digo isso já que, segundo a acusação, a trama se iniciou por esse motivo — a vítima estaria se dedicando às atividades criminosas ao grupo rival, o que na linguagem do crime seria um "alemão".

Narrou a acusação que a vítima residia em um bairro dominado por um grupo criminoso paulista, mas que vinha traficando para o grupo rival de origem carioca. Foi oferecida a peça acusatória denunciando quatro pessoas com a seguinte narrativa:

**MINISTÉRIO PÚBLICO
DO ESTADO DA BAHIA**

Consta da peça investigativa que no dia 07 de julho de 2018, por volta das 11:40 h, na Rua Olavo Ramos, Bairro Guarani, nesta Cidade, os ora denunciados, previamente ajustados e em comunhão de desígnios, agindo por motivo torpe e armados com uma arma de fogo, desferiram tiros na vítima R▄▄▄▄▄▄▄▄▄▄▄▄▄▄▄▄, causando-lhe diversos ferimentos, sendo que estas lesões foram a causa suficiente de sua morte, conforme Certidão de Óbito às fls. 77.

Apurou-se, ainda, que no dia e horário acima mencionados, policiais militares, em atividade de rotina, ouviram estampidos de arma de fogo, seguidos de um indivíduo não identificado que passou informando que tiros haviam sido disparados. Ato contínuo, após o deslocamento tático ao local dos disparos, um dos policiais conseguiu ver um indivíduo atirando na vítima, que já estava caída, e empreendendo fuga no carro VW Gol de cor cinza.

Informa-se que, ao entrar no carro para evadir-se do local, o motorista disparou contra a guarnição e, dessa forma, para se defender, os policiais dispararam contra os indivíduos que viraram à direita e ingressaram na Rua Escultor Cajaíba, em direção a uma região de mata. Apesar de a guarnição ter procedido com incursões na mata, estas não lograram êxito na localização dos suspeitos, ensejando no seu retorno ao local em que o carro fora abandonado.

Já no local do abandono, os policiais obtiveram informações de populares que dois, dos três integrantes do carro, chamavam-se L▄▄▄▄▄▄▄▄▄▄▄▄▄▄▄▄▄, vulgo "Toreba", e I▄▄▄▄▄▄▄▄▄▄. Ao realizarem buscas no interior do veículo, encontraram o CRLV e CNH no nome de N▄▄▄▄▄▄▄▄▄▄▄▄▄.

Após consulta ao portal, os policiais se dirigiram ao endereço da proprietária do veículo, localizado no bairro Vila América, onde a encontraram na companhia de seu esposo, J▄▄▄▄▄▄▄▄▄▄▄▄▄▄▄▄▄, que alegou que o carro havia sido roubado por 02 (dois) indivíduos em uma motocicleta na Rua Cruzeiro.

Inicialmente, o depoimento de J▄▄▄▄▄ apresentou divergências com a realidade fática, sendo assim, após alertado da gravidade de omitir informações relevantes para a elucidação de um crime, este informou que emprestou o carro para F▓▓▓▓▓▓▓▓▓▓▓ e, em troca, havia ficado com a sua motocicleta.

Apurou-se no decorrer do procedimento investigatório, consoante Termo de Interrogatório de fls. 54/56, que o denunciado F▓▓▓▓▓▓▓▓▓▓, no dia do crime, havia combinado de almoçar com LU▓▓ e I▓ na Lagoa das Flores, enquanto que J▓▓▓▓ ficaria com uma moto pertencente a sua tia.

Durante o deslocamento para a Churrascaria, passando pelo bairro Guarani, IURI avistou a vítima e pediu para que L▓▓▓ parasse o carro, momento em que desceu do carro e foi em direção à vítima, R▓▓▓▓, desferindo-lhe vários tiros. Quando I▓▓ retornou ao carro e tentaram fugir, a guarnição da Polícia Militar passava pelo local e empreendeu uma perseguição aos denunciantes, desencadeando todo o curso das investigações.

Além de o modo de execução do crime não ter dado a menor possibilidade de defesa à vítima, sua motivação foi torpe, pois, segundo consta nos Termos de Depoimentos de ▓▓▓▓▓▓▓▓▓▓▓▓▓▓▓▓A (fls. 73/74) e W▓▓▓▓▓▓▓▓▓▓▓ MOURA (fls. 79/80), a vítima foi morta em decorrência do tráfico de drogas e da "guerra" entre as facções Tudo 2 e Tudo 3. Podendo, ainda, estar relacionado a um namoro que a vítima teve com uma ex-namorada de um traficante de drogas chamado F▓▓▓▓ ▓▓▓▓S, vulgo ▓▓▓▓▓▓▓▓.

Ex positis, ante a execução do crime não ter oferecido a menor possibilidade de defesa à vítima, bem como haver motivo torpe, os denunciados incorreram nas sanções da figura típica prevista no artigo 121, §2º, incisos II e IV, c/c o art. 29, ambos do Código Penal Brasileiro, razão pela qual o Ministério Público requer o recebimento da presente denúncia, com a citação dos ora denunciados e regular processamento do feito pelo procedimento dos crimes da competência do Tribunal do Júri, até posterior decisão de pronúncia, para que se possa, enfim, o denunciado ser julgado pelo Egrégio Tribunal do Júri desta Comarca.

Com a localização do carro utilizado na empreitada criminosa e a "delação" do denunciado Jailton, declarando a participação dos demais acusados, foi realizada a prisão em flagrante não só dele mesmo, como dos denunciados Iago e Luan, esses que estavam cumprindo pena pelo crime de tráfico de drogas em regime semiaberto, tendo sido capturados pela polícia dentro da unidade prisional após o retorno naquele dia da saída temporária.

Assim, dos quatro acusados, três foram presos em flagrante, ficando o quarto em liberdade, sem que houvesse pedido ou deferimento de prisão preventiva. Os três flagranteados passaram pela audiência de custódia, convertendo em prisão preventiva.

O processo foi instruído e a audiência de instrução e julgamento foi designada, oportunidade na qual foram ouvidas as testemunhas de acusação e defesa.

Em síntese, em sua defesa, o acusado Jailton (proprietário do carro) afirmou que não tinha qualquer conhecimento dos fatos, posto que seu carro foi pedido emprestado por Fernando para comprar bebidas, porquanto seria seu aniversário na sexta e comemoraria no sábado. Prosseguiu declarando que conhecia Fernando há pouco mais de 5 meses e, desde então, comprava drogas com ele. Declarou que o pedido ocorreu no dia do crime por volta das

9 horas da manhã, tendo entregado o carro por volta de 1 hora depois e ficado com uma motocicleta vermelha de Fernando. Por volta das 11 horas, passou a ligar e mandar mensagem para Fernando, requerendo a devolução do carro, já que precisava do veículo para buscar sua esposa no trabalho, não obtendo qualquer resposta.

Prosseguiu Jailton dizendo que, por volta das 12h30min, passou a se desesperar sem qualquer informação e, às 13h, sua esposa começou a ligar para ele, que não sabia o que dizer para justificar o fato de ainda não ter ido de carro buscá-la. Em seguida, recebeu uma ligação de Fernando dizendo: "eu fiz merda", na qual orientou Jailton a fazer um Boletim de Ocorrência relatando o roubo do carro, tendo desligado o telefone sem mais explicações.

Seguindo as orientações, Jailton foi até a delegacia prestar a ocorrência, o que não foi possível, uma vez que não sabia a placa do veículo. Assim, retornou à sua casa para colher as informações necessárias a confecção do BO, mas ao chegar em sua residência, deparou-se com a Polícia que já o esperava. Para se livrar da responsabilidade, disse aos agentes sobre o roubo, porém, pelas contradições, seus argumentos não foram suficientes para convencer a guarnição, tendo em seguida confessado que emprestou o carro para Fernando, e que ele lhe teria dito que fez merda e mandado fazer o BO de roubo.

Os policiais tentaram marcar um encontro com Fernando, passando-se por Jailton ao usarem seu telefone, o que não foi efetivado, tendo Jailton sido conduzido para a delegacia, preso em flagrante.

Iago e Luan foram presos em flagrante, mesmo não sendo citados por Jailton, pois, segundo os policiais da ocorrência, foi ventilado, no momento das diligências, por testemunhas não qualificadas (anônimas), que Luan e Iago seriam os responsáveis pelo crime. Vejamos a certidão:

Dados do Fato

Tipo: Não delituoso   Classificação: Apresentação de pessoa
Data: 07/07/2018 às 12:40h

Histórico:
A GUARNIÇÃO DA CAESG COMPARECEU NESTE PLANTÃO CENTRAL INFORMANDO QUE ESTAVAM FAZENDO ABORDAGEM NA RUA OLAVO RAMOS BAIRRO GUARANI, QUANDO FOI OUVIDO ESTAMPIDO DE ARMA DE FOGO, MOMENTO QUE APROXIMOU TRANSEUNTE INFORMANDO SOBRE DISPAROS UM QUARTEIRÃO ABAIXO MAS, NA MESMA RUA. AO DESLOCAR ATÉ O LOCAL FOI OBSERVADO O ATIRADOR EFETUANDO DISPAROS CONTRA UMA OUTRA PESSOA QUE JÁ ESTAVA CHÃO, QUE O ATIRADOR FOI IDENTIFICADO COMO LU███████████████, O QUAL ADENTROU EM FUGA EM UM VEÍCULO GOL, COR CINZA E POR NÃO TER VISTO A GUARNIÇÃO LOGO A FRENTE, DESLOCOU-SE EM DIREÇÃO DA MESMA, JÁ PRÓXIMO A RUA ESCULTOR CAJAÍBA O CONDUTOR DO VEÍCULO COLOU A ARMA PARA FORA E EFETUOU DISPARO CONTRA A GUARNIÇÃO, EM SEGUIDA EFETUOU UMA MANOBRA PARA O LADO DIREITO MOMENTO EM QUE A GUARNIÇÃO REVIDOU EFETUANDO DOIS DISPAROS CONTRA O GOL, EM SEGUIDA RETORNOU ATÉ A VIATURA E SE DESLOCOU EM SENTIDO AO GOL, JÁ NA TRAVESSA VISCONDE DE MAUÁ FOI ENCONTRADO O VEÍCULO BATIDO E ABANDONADO, POPULARES INFORMARAM QUE TRÊS PESSOAS DESCERAM DO VEÍCULO E ADENTRARAM NA MATA DO POÇO ESCURO, A GUARNIÇÃO EFETUOU INCURSÕES NA REFERIDA MATA AFIM DE LOCALIZAR OS FUGITIVOS, INFELIZMENTE NÃO LOGROU ÊXITO. DE RETORNO AO LOCAL ONDE O VEÍCULO GOL, CINZA, PLACA POLICIAL ███████ ESTAVA ABANDONADO, A GUARNIÇÃO FOI INFORMADO POR POPULARES QUE MOMENTOS APÓS QUE A GUARNIÇÃO ADENTROU NA MATA O INDIVÍDUO CONHECIDO COMO IURI HAVIA SAÍDO DA MATA E SE DESLOCOU DO LOCAL NUMA MOTO VERMELHA CONDUZIDA POR UMA OUTRA PESSOA. FOI ENCONTRADO NO QUEBRA SOL DESSE VEÍCULO O CRLV E HABILITAÇÃO DA PROPRIETÁRIA DE NOME N████████████████S, JÁ DE POSSE DO DOCUMENTO FOI LOCALIZADO A RESIDÊNCIA DA PROPRIETÁRIA, CUJO ENDEREÇO FICA NA RUA MANOEL BACKMAN, ██BAIRRO VILA AMÉRICA. INFORMADA DA SITUAÇÃO DO FATO A PROPRIETÁRIA JUNTAMENTE COM O SEU ESPOSO J.███████████████, ESSE INFORMOU A GUARNIÇÃO QUE O VEÍCULO TINHA SIDO TOMADO DE ASSALTO NA RUA DO CRUZEIRO POR DOIS ELEMENTOS ARMADOS NUMA MOTO VERMELHA, POR VOLTA DAS 13:00 HORAS. PERCEBENDO A DISCREPÂNCIA ENTRE O HORÁRIO DO CRIME, A GUARNIÇÃO ALERTOU A J.███████ GRAVIDADE DO MESMO ESTAR

OCULTANDO INFORMAÇÕES RELEVANTES A ELUCIDAÇÃO DO CRIME, NESSE MOMENTO JA▮▮▮▮ REFEZ SUA DECLARAÇÃO, DIZENDO QUE REALMENTE TINHA EMPRESTADO O GOL A UM ELEMENTO CONHECIDO COMO FELIPE FICANDO COM A MOTO HONDA CG FAN 150, COR VERMELHA, PLACA POLICIAL▮▮▮▮▮, DO MESMO, QUE JACKSON SE PRONTIFICOU IR ATÉ O LOCAL ONDE TINHA DEIXADO A MOTOCICLETA, CHEGANDO NÓ LOCAL, TENTOU CONTACTAR F▮▮▮ PARA DEVOLVER A MOTO, MAS INFELIZMENTE CONSEGUIU CONVERSAR COM O MESMO, EM SEGUIDA LEVOU A GUARNIÇÃO ATÉ O PRÉDIO ONDE FELIPE MORA, NÃO SABENDO INFORMAR QUAL O APARTAMENTO. DIANTE NA IMPOSSIBILIDADE DA LOCALIZAÇÃO DE F▮▮▮, A GUARNIÇÃO DESLOCOU ATÉ O DISEP, NESSE DESLOCAMENTO A GUARNIÇÃO TEVE INFORMAÇÃO QUE I▮▮ E L▮▮▮ VULGO T▮▮▮BA HAVIAM SE APRESENTADO NO PRESÍDIO NILTON GONÇALVES, POIS ESTAVAM DE SAIDINHA DO FERIADO DO DIA 2 DE JULHO E QUE UM DELES TINHA UM FERIMENTO NA CABEÇA. O I▮▮ E L▮▮▮▮▮▮▮▮▮A NÃO FORAM LIBERADOS POIS JÁ RECOLHIDOS A CELA ERA PRECISO UMA SOLICITAÇÃO VIA OFÍCIO PELO DELEGADO, ASSIM FOI FEITO E IURI E LUCAS VULGO TOREBA FORAM ESCOLTADOS ATÉ O PLANTÃO CENTRAL PARA SEREM OUVIDOS PELO DPC ▮▮▮▮▮▮▮▮▮▮ ASSIM, JA▮▮▮▮▮ QUE ESTAVA COM UM TELEFONE CELULAR BRANCO SAMSUNG DUOS E UMA QUANTIA NO VALOR DE R$ 20,00 (VINTE REAIS), A MOTO E O GOL QUE ESTÁ COM O PARA BRISA TRINCADO, DENTRE OUTRAS AVARIAS, FORAM APRESENTADOS NESTE PLANTÃO CENTRAL E FICOU A DISPOSIÇÃO DA AUTORIDADE COMPETENTE. FICA O FATO REGISTRADO PARA OS DEVIDOS FINS.
Endereço Principal: R. OLAVO RAMOS, GUARANI, VITÓRIA DA CONQUISTA, BA - BR

Assim, foi requerido pelo delgado de polícia que a unidade prisional conduzisse os dois acusados para a central policial, com fim de prestar esclarecimentos, mas foi dada voz de prisão em flagrante, conduzidos ao presídio e informado ao juiz para que tomasse as providências cabíveis e realizasse a audiência de custódia:

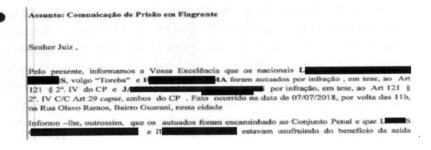

Assunto: Comunicação de Prisão em Flagrante

Senhor Juiz .

Pelo presente, informamos a Vossa Excelência que os nacionais L▮▮▮▮▮▮▮▮ ▮▮▮S, vulgo "Toreba" e I▮▮▮▮▮▮▮▮▮IA foram autuados por infração , em tese, ao Art 121 § 2º. IV do CP e JA▮▮▮▮▮▮▮▮▮▮▮▮▮▮ por infração, em tese, ao Art 121 § 2º. IV C/C Art 29 *caput*, ambos do CP . Fato ocorrido na data de 07/07/2018, por volta das 11h, na Rua Olavo Ramos, Bairro Guarani, nesta cidade

Informo –lhe, outrossim, que os autuados foram encaminhado ao Conjunto Penal e que L▮▮▮▮S ▮▮▮▮▮▮▮▮ e I▮▮▮▮▮▮▮▮▮ estavam usufruindo do benefício da saída

Luan e Iago se mantiveram em silêncio na delegacia e foram acompanhados pela Defensoria Pública da Bahia durante a instrução, permanecendo presos preventivamente durante todo o processo. Ambos negaram qualquer envolvimento com o crime e declararam sua inocência, relatando perseguição policial pelo simples fato de terem condenação por tráfico de drogas e morarem no bairro onde o crime ocorreu — que, segundo os policiais, seria reduto do comércio de drogas dos dois (teriam a função de gerentes do tráfico do grupo criminoso rival da vítima).

Já Fernando, único que prestou depoimento na delegacia estando em liberdade e acompanhado de advogado, de forma inacreditável, narrou detalhadamente o que seria um plano de assassinato, retirando sua participação, imputando tudo aos acusados Iago e Luan.

De acordo com ele, naquele dia havia requerido o carro emprestado de Jailton para ir à uma churrascaria almoçar com Luan e Iago, os quais o acompanhariam de carona. Assim, por estarem em três, pegou o carro emprestado e deixou sua moto com Jailton, relatando, ainda, que Jailton levou o carro em sua casa, uma vez que ele (Fernando) não sabia dirigir.

Segundo Fernando, Luan teria ido até sua residência para juntos irem com o carro ao Centro da cidade buscar Iago e se deslocarem até a churrascaria, retornando pelo bairro que saíram, posto que era caminho para o restaurante desejado. Entretanto, relatou que ao passar ao lado do bar onde o crime aconteceu, Iago pediu para que Luan parasse o carro, tendo descido com a arma na mão e atirado contra Rodrigo, provocando sua morte.

Conforme o relato, ele e Luan ficaram no carro aguardando o retorno e viram a polícia que estava no quarteirão de cima, tendo iniciado a fuga e a troca de tiros. Na fuga, conseguiram ganhar distância da polícia, mas, próximo ao Poço Escuro, a menos de 1km da cena do crime, Luan teria perdido o controle do carro e batido e, em decorrência dos danos, desceram do veículo e entraram na mata.

Fernando diz que se desencontrou dos dois e permaneceu na mata até às 16h, quando não havia mais polícia no local, e pode sair sem ser visto. Quanto às informações de fuga em uma moto vermelha semelhante a do acusado, o denunciado afirmou desconhecimento dos fatos. Ele foi o único a permanecer em liberdade durante toda a instrução.

Entre as testemunhas de acusação, de oculares (presenciaram os fatos) havia o dono do bar, seu irmão e dois amigos da vítima, tendo todos relatado não conseguir reconhecer o atirador. No entanto, os policiais militares que atenderam a ocorrência disseram ter ouvido de populares que o atirador seria Iago e que o motorista se tratava de Luan. Em alguns momentos, inclusive, relataram tê-los reconhecido quando estavam em perseguição.

Ao fim da instrução, foi dada liberdade para Jailton, mantendo Luan e Iago preventivamente presos. Foi prolatada sentença de pronúncia para os quatro acusados, havendo recurso por parte da defensoria pública quanto aos dois assistidos que estavam privados de sua liberdade. O problema é que esse recurso, apesar de requerido, nunca foi razoado para que pudesse subir ao tribunal e ser julgado.

Assim, houve diversas citações ao longo de 2 anos para que a defesa dos acusados juntasse as razões recursais, o que não foi feito. Conheci Luan no presídio, onde era "frente" (espécie de líder) da galeria em que eu estava atendendo alguns clientes, ao ser abordado por ele, questionando se eu poderia "dar uma atenção".

Abismado com sua história, pois quem faz atendimento sabe que muitas vezes não condiz com a realidade dos autos, voltei para casa e acessei o processo. Bingo!! O que ele havia me dito era verdade, e eu já não conseguia mais pensar em outra coisa além de voltar lá no presídio com uma solução e dizer que iria assumir sua defesa.

De cara, encontrei a anormalidade quanto ao recurso, que mesmo citado durante 2 anos, não foi apresentado. Expliquei a Luan que teríamos dois caminhos, o primeiro seria apresentar o recurso e aguardar seu julgamento — que em média demoraria 8 meses no TJBA, enquanto ele continuava preso —, ou desistir e ir para o júri que seria a saída mais rápida. Ou seja, era necessário buscar provar a inocência no júri, mas também havia possibilidade de condenação.

A resposta que ouvi foi: "Eu confio em você e na decisão que tomar". Depois de 4 anos de prisão, desacreditado na justiça, ele se segurou a mim como se eu fosse um colete salva-vidas, porém aquela decisão não poderia ser tomada por mim. Então, insisti que pensasse bem nas duas possibilidades, pois eu retornaria na semana seguinte para saber a resposta.

Esse seria meu segundo plenário. O acusado, segundo as investigações, ocupava posição privilegiada no grupo criminoso, e ali a minha certeza era uma só: tenho que racionalizar as emoções, mostrar a complexidade do caso e conhecer cada vírgula do processo para, independentemente do resultado, sair de cabeça erguida na certeza de um trabalho impecável.

Primeiros passos

Como fui constituído somente para a defesa de Luan — e ao conversarmos muito —, decidimos que a melhor estratégia seria desistir do recurso e ir para o tudo ou nada. Luan estava preso desde os 18 anos, completamente desgastado psicologicamente e via em mim a luz no fim do túnel. A responsabilidade de "salvar" uma vida pesava toneladas nas minhas costas, mas mares calmos nunca fizeram bons marinheiros, e sabidamente meu segundo plenário seria reservado de muitas emoções.

De início, foi requerida a revogação da prisão, sem que houvesse decisão nos dias seguintes, fazendo com que também fosse impetrado *habeas corpus* com fim de buscar a liberdade e urgência no julgamento. Assim, mais uma vez requeri ao juízo de piso:

Nobre Julgador, os autos se encontram em inércia desde o Pronunciamento do acusado em 27 de agosto de 2019, vez que aguarda as razões do Recurso em Sentido Estrito proposto pela Defensoria Pública.

Saliento que mesmo em profundo apresso pela nobre instituição, a mesma foi intimada por diversas vezes e infortunadamente não se pronunciou. Assim, tendo ultrapassado quase 2 anos após a primeira intimação, entende o ínfimo causídico que não há mais prazo para juntada das razões.

Em mesmo sentido, foi apresentado ao MM Juízo pedido de revogação da prisão preventiva, demonstrando inclusive, o excesso de prazo e o prejuízo sofrido pelo acusado que aguarda preso por uma resposta jurisdicional há quase 3 anos.

Assim, Excelência, vem a reles defesa mesmo entendendo ter o prazo legal decaído, ainda no ano de 2019, expressar taxativamente pela desistência do Recurso em sentido Estrito, **PUGNANDO PARA QUE SEJA CONCEDIDA LIBERDADE (VIDE FLS. 409-457), E QUE SEJA MARCADO COM EXTREMA URGÊNCIA O JULGAMENTO PERANTE O EGRÉGIO TRIBUNAL POPULAR,** desmembrando os autos caso se faça necessário.

Estávamos cada vez mais próximos do plenário, e a preparação precisava ser incessante.

Preparativos para o plenário

Foram muitas idas ao Conjunto Penal de Vitória da Conquista para ouvir o acusado e alinhar a defesa. Confesso que tinha consciência da batalha que enfrentaria, sem contar que seria meu primeiro júri em casa (comarca). Para além do plenário, o Promotor de justiça seria o mesmo que me encantou anos atrás, quando ainda era estudante de Direito, e ali estive para assistir ao seu trabalho impecável. A alegria se misturava ao receio — era um misto inexplicável de sensações.

A acusação e a defesa foram intimadas para cumprir o prazo do art. 422 do CPP. Para quem não sabe, esse é o momento processual que ambos têm para requerer diligências, juntar documentos e apresentar as testemunhas (no máximo, 5 por acusado) a serem inquiridas em plenário. A sessão de julgamento já tinha data: o grande encontro foi marcado para o dia 21 de setembro de 2021, e tínhamos exatos 39 dias de preparação final para o combate.

Ali eu já tinha traçada a minha estratégia. Minhas muitas idas ao presídio para conversar com Luan me faziam ter a segurança em cada jogada, enxergando o jogo em sua totalidade. Foi então que juntei as testemunhas de defesa, sendo basicamente parentes ou amigos do acusado (tio, tia, avó e uma vizinha).

O GRANDE DIA CHEGOU

Cheguei ao plenário antes do horário marcado, como de costume, uma vez que queria me ambientar naquele plenário de tamanho incomparável. Logo na entrada, arrepiei-me ao ver aquela vastidão repleta de cadeiras e, ao fim, o maior plenário do júri que já havia estado. Sabia que para o domínio dos argumentos, também teria que dominar cada centímetro daquela geografia.

Recordei-me dos ensinamentos de Sun Tzun em "Arte da Guerra", quando ele disse: "Para vencer, deve conhecer perfeitamente a terra (a geografia, o terreno) e os homens (tanto a si mesmo quanto o inimigo). O resto é uma questão de cálculo. Eis a arte da guerra."

Apesar de ter um turbilhão de pensamentos e emoções, sabia que não poderia demonstrá-los, então, minha postura tinha que ser de um estrategista. Mal sabia que o primeiro teste de fogo estava para acontecer.

Digo isso, já que pouco tempo após a minha chegada, ouvi barulho de sirenes. Pela minha percepção auditiva, eram vários carros. Foi quando, por curiosidade, fui procurar saber o que estava acontecendo. Descobri que, ao fim do dia anterior, fora juntado o seguinte ofício nos autos:

Tendo em vista a realização de julgamento pelo Tribunal do Júri de pessoa supostamente envolvida com *"guerra entre facções criminais"*, sessão que deverá acontecer nesta Vara do Júri e Execuções Penais de Vitória da Conquista, localizada no Fórum João Mangabeira, no próximo dia **29/09/2021,** solicito os bons préstimos de V. Sa. no sentido de assegurar **REFORÇO** policial nas instalações forenses na referida data.

Confesso que nunca antes havia visto um esquema de segurança tão grande, a ponto de fechar o quarteirão com incontáveis viaturas e dezenas de militares, o que na hora chamou não só minha atenção, mas de todos os convocados a serem sorteados para compor o Conselho de Sentença. Todas as ruas laterais ao fórum foram fechadas por viaturas e homens fortemente armados ao som de sirenes ensurdecedoras.

O júri nem havia começado e eu já sabia que tinha levado o primeiro grande golpe e precisava contra-atacar. Com o plenário aberto e quase todas as cadeiras preenchidas, fui ao assento reservado à defesa para aguardar que o juiz iniciasse a sessão.

Antes mesmo que tivesse conseguido pensar em uma resposta efetiva, percebo que ao fundo do plenário adentrava um grupo de militares portando fuzis e, ao meio deles, o acusado uniformizado com as roupas do presídio e algemado com correntes que prendiam seus pés e mãos. Em regra, ao chegar ao fórum, ele seria conduzido a uma cela reservada, onde poderia trocar suas vestes e se apresentar quando solicitado, no entanto, não foi o que aconteceu.

O julgamento nem havia começado, mas já era prevista uma derrota. Todo o cenário caminhava para isso, e eu precisava tomar uma decisão firme/radical.

Foi então que, em fração de segundos, em um contra-ataque mais instintivo que racional, saí da mesa da defesa em direção à mesa do juiz, aos gritos: "Se estão fazendo um circo para condenar, me avise que não irei participar dessa palhaçada. Não estou aqui para legitimar ilegalidade e, se assim for, eu vou embora".

A atenção que recaía sob o acusado algemado, em um silêncio ensurdecedor dos olhos de julgamento contra ele e uma ideia de culpa, agora recaíam sob mim. Passei a ser o centro das atenções, mas logo fui interrompido pelo juiz presidente — até então inerte — que tentava acalmar os ânimos e passou a pedir aos jurados que desconsiderassem o que tinham visto, e a afirmar que a plenitude de defesa seria respeitada.

Quem atua no plenário sabe, não tem como o jurado "desconsiderar" o que foi visto, mas, naquele momento, a minha única torcida era para que os jurados tivessem dado mais credibilidade a mim, ou mesmo, que pudessem ao menos igualar o jogo que já começava desigual.

Era claro que o caminho escolhido era o mais radical, falando daquela forma com o juiz que atuava na vara do júri há mais de uma década, tomando as rédeas e ameaçando abandonar o plenário. Ao invés de um contragolpe, eu poderia ter dado um tiro no pé e condenado meu cliente, criando animosidade com os jurados — os quais, na maioria das vezes, são de carreira e atuaram em outros muitos júris com o mesmo juiz.

Contestar a autoridade de um juiz, sem que isso te represente perda de confiança dos jurados é uma aposta. Ainda mais para mim, que, pela primeira vez, pisava naquele plenário. A linha entre igualar o jogo e ser visto com asco pelos jurados era tênue, mas, naquele momento, ou eu apostava tudo em uma única cartada ou perderia minhas poucas chances de absolvição. Precisava tomar o controle da situação e ditar as regras do jogo.

O acusado se sentou sem algemas e, ao lado, foram colocados militares, só que agora, com armas pequenas (pistolas) — os intimidadores fuzis já não mais compunham a imagem de periculosidade do acusado. Olhei para os possíveis jurados, na tentativa de fazer uma leitura da reação deles quanto aos fatos, e vi um cenário de pessoas assustadas.

Foi iniciado o sorteio e, após o episódio de fúria, precisava criar *rapport* com os jurados. Então, mudei a minha expressão facial e iniciei a abordagem com falas pacatas. A intenção era mostrar que não mediria esforços para fazer a defesa em sua plenitude, mas, acima de tudo, prezava pela construção da justiça de forma civilizada, ou seja, de modo harmônico e não violento.

Sorteado, com duas recusas defensivas, foi instaurado o Conselho de Sentença com duas juradas mulheres e cinco jurados homens.

AS TESTEMUNHAS DO PLENÁRIO

Até então, construídas em fase sumaríssima, as provas afirmavam que o acusado tinha se atrelado para o cometimento do homicídio. Os testemunhos policiais foram uníssonos nesse sentido, que Iago e Luan eram traficantes, gerentes do tráfico de drogas daquele bairro, e teriam assassinado a vítima que era um morador do bairro dominado, mas que estaria vendendo drogas para o grupo rival.

No entanto, percebi que a simples negativa de dois condenados por tráfico, que estavam cumprindo pena em regime semiaberto, contra o testemunho de policiais não seria o suficiente. Por isso, o rol de testemunhas foi pensado visando que, em debate, não fosse somente demonstrada a falta de prova acusatória, mas evidenciada a negativa de autoria.

Para alcançar o resultado pretendido, eu precisava reconstruir não só a imagem do acusado, que carregava a estigma de bandido de alta periculosidade, mas também o que aconteceu naquele dia em seus mínimos detalhes.

Como não havia testemunhas de acusação para o plenário, iniciou-se a oitiva das arroladas pela defesa. De logo, ao serem ouvidas, as testemunhas revelaram seu grau de parentesco ou amizade com o acusado, contando sua história de vida, relação com a família e trabalho. Trazendo as perguntas para o dia dos fatos, afirmaram que o acusado morava com sua avó e um dos tios que estava ali igualmente para prestar depoimento, no qual narrou o que viu desde a hora que acordou e avistou Luan em casa, até o instante em que ele saiu, a pé, em direção ao centro da cidade. Naquele momento, único no processo, uma vez que não haviam sido ouvidos na 1ª fase, elas descreveram quando Luan saiu de casa a pé para se encontrar com Iago no centro, ocasião na qual tomaria uma carona com o pai de Iago para se apresentarem no presídio, já que aquele dia seria o fim da saída temporária do feriado de 02 de julho de 2018.

No interrogatório de Luan, a narrativa ficou ainda mais clara. Diferentemente da primeira fase, em que apostaram na "falta de provas", aqui ele tomou protagonismo da sua defesa e relatou tudo que aconteceu aquele dia, afirmando que só saiu da sua casa para ir em direção ao centro da cidade tomar uma carona e que não tinha se encontrado com Fernando ou qualquer outro mencionado além de Iago.

Na inquirição, percebi uma participação ministerial forte, inicialmente, na tentativa de "pegar no pulo" e desfazer uma farsa. Aos poucos, porém, senti que as perguntas ministeriais estavam sendo feitas de forma mais suave, o que vi, a priori, com desconfiança, mas que poderia ser um bom sinal, uma vez que, sabendo da lealdade do Promotor, acreditava que não forçaria um pedido de condenação no qual fielmente não acreditasse.

Os debates

Após o fim das oitivas, foi dada a palavra para a acusação, que prestou as homenagens de estilo, saudando a todos que ali estavam. Com um tom de voz único e firme, apresentou as provas do processo e contou toda a história produzida nos quase 4 anos até chegar ao plenário. Até então, nenhuma palavra sobre a pretensão, o que trazia grande expectativa para a banca de defesa, pois todos tentavam antecipar qual seria a conclusão da acusação.

Antes de iniciar os debates, tive a iniciativa de ir até o Promotor para questioná-lo se sustentaria a denúncia em sua íntegra. Em conversa informal, detalhamos alguns pormenores que levavam à uma desqualificação decotando as qualificadoras ou mesmo uma desclassificação para crime menor, já que a Luan recai a conduta de dirigir o veículo sem que tivesse havido prova do seu *animus necandi*, podendo sua imputação ser trazida para o crime de favorecimento pessoal. Sem nenhuma certeza, deixei os argumentos para serem pensados.

Depois de pouco mais de uma hora de suspense, eis que chegou a hora de revelar o mistério, pedindo para que o crime de homicídio duplamente qualificado fosse desclassificado para favorecimento pessoal, explicando ele que as provas arrecadas foram suficientes para colocá-lo na cena do crime dirigindo o veículo, mas não eram capazes de demonstrar que o réu tinha conhecimento da prática do crime de homicídio, ainda que tivesse assegurado a fuga de Iago, o atirador, conduzindo o carro e retirando-o do local, pelo fato de manterem amizade íntima.

Finalizada a sustentação da acusação, foi dada a palavra à defesa. Dirigi-me ao centro do plenário muito mais leve. O peso de quase ter perdido o júri, sem nem mesmo ter começado, já não estava nos meus ombros, e uma desclassificação para o crime de favorecimento pessoal para um cliente que já estava há 4 anos preso preventivamente com uma acusação que poderia lhe render de 12 a 30 anos de prisão, ser condenado a um crime de detenção com pena de 1 a 6 meses, parecia ser o melhor resultado. Mas, ainda assim, não seria a justiça, a inocência precisava ser provada.

Um homem se sentava no banco dos réus sendo inocente e qualquer condenação, mínima que fosse, seria injusta. Não poderia titubear, meu trabalho ainda precisava ser feito, e eu iria fazê-lo com a mesma dedicação. Ressalta-se, ainda, que o parecer pela desclassificação ministerial não vincula os jurados, os quais podem ter entendimento distinto, condenando o acusado pelo homicídio qualificado.

Comecei o debate com os cumprimentos peculiares ao rito e, quando direcionado ao promotor de Justiça, disse-lhe que, apesar de termos sido apresentados naquele dia, já o conhecia de longa data, e apontei para uma cadeira ao fundo do plenário, afirmando ter me sentado naquele assento ainda durante a graduação. Na época, fui cativado pela coerência e precisão dos argumentos, tendo ali meus olhos e predileção profissional caminhados para o júri. Disse para mim mesmo, "Um dia estarei ao centro daquele plenário, debatendo argumentos e fazendo justiça", e esse dia havia chegado.

Apesar do pedido de desclassificação honrado e leal de um Promotor que busca por justiça, não poderia fugir a luta. Um homem precisava que sua inocência fosse declarada, e eu não poderia me abster.

Repassei as provas dos autos, mostrando suas incongruências no liame que colocava o acusado na cena do crime. Isso só ocorreu graças, exclusivamente, à palavra dos militares, e posteriormente a do acusado Fernando, que ratificou a história já levada pela polícia, atribuindo alguns elementos a mais para imputar a outro, uma culpa que era dele.

Para isso, além das testemunhas ouvidas, juntei aos autos alguns documentos que seriam fundamentais para demonstrar a inocência. Tracei todo o percurso dito por Luan, utilizando as ferramentas de mapa e geoposicionamento, traçando o percurso feito a pé da casa de sua avó até o centro, onde pegou carona e foi deixado no presídio para retornar ao cumprimento da sua pena.

Segundo a acusação, o crime teria ocorrido às 11h40min, razão pela qual fiz uma cronologia dos fatos. Luan teria saído da sua casa um pouco depois das 11h, tendo almoçado com sua família, caminhado cerca de 1 quilômetro e 600 metros, com duração em torno de 20 minutos, conforme as testemunhas (tio e tia) e GPS. Chegou ao centro, no comércio do pai do seu amigo, por volta das 12h, de acordo com interrogatório e depoimento dos funcionários, quando entraram no carro e se destinaram ao presídio.

E aí estava a cereja do bolo. Quando, pela primeira vez, Luan me disse ter dado entrada na unidade, requeri imediatamente ao diretor do presídio que me fornecesse o Relatório da Saída Temporária, e assim foi feito. Três dias antes do plenário, como rege o art. 479 do CPP, aportei aos autos:

Ofício nº 150/2018-CRC

Vitória da Conquista-BA , **17 de julho de 2018**

Excelentíssimo Juiz

Ao cumprimentá-lo cordialmente, apresento Vossa Excelência **RELATÓRIO DE SAÍDA TEMPORÁRIA/ INDEPENDÊNCIA DA BAHIA 2018**, para as medidas que julgar cabíveis.

Sem mais para o momento aproveito o ensejo para reiterar os mais sinceros votos de estima e real apreço.

Atenciosamente,

* Uarle   0300↲
* Willi   0303↲

Observações:

- Os internos Iu▓▓▓▓▓▓▓▓ e L▓▓▓▓▓▓▓▓▓s, embora tenham retornado na data prevista (07/07/2018), às 13h00min, foram encaminhados para a custódia do Conjunto Penal de Vitória da Conquista. Ambos, com prisão decretada por suposta prática de homicídio durante o período dessa saída temporária.

CONJUNTO PENAL ADV. NILTON GONÇALVES
S E A P
CNPJ: 13.699.404/0001-67

Assim, coloquei todos os dados e horários para traçar a rota informada e checar se os horários realmente eram condizentes.

Bingo! Todas as informações batiam e poderiam ser confirmadas não só por testemunhas e o interrogatório do acusado, mas também por um documento oficial emitido por representante estatal, ratificando que os denunciados haviam dado entrada na unidade prisional às 13h e que, no período da noite, foram conduzidos por policiais para a delegacia e, posteriormente, ao Conjunto Penal que abriga presos provisórios e sentenciados no regime fechado.

Mostrei aos jurados que não havia possibilidade alguma de Luan ter praticado o crime. Portanto, a acusação se restava tão somente no testemunho policial e de um dos acusados que, para se eximir, fez meia culpa "entregando" Luan para se livrar das amarras da justiça.

Falei que um homem estava preso há 4 anos pelo crime que não cometeu, enquanto o verdadeiro culpado estava em liberdade. Não só Luan, mas a família da vítima, precisava de resposta e, naquele dia, a única resposta possível era ratificar que Luan não tinha qualquer envolvimento com os fatos.

Porquanto, que o Conselho de Sentença precisava absolver um inocente para que o órgão de persecução tomasse providências de colocar sentado no banco dos réus quem era devido.

A RÉPLICA MINISTERIAL

Findado o tempo defensivo, voltou o Ministério Público em sua réplica, traçando algumas considerações das quais não se podia ainda saber seu desfecho. Só quem está no plenário consegue sentir aquele misto de sentimentos. O suspense não durou muito e logo, foi dito em seus argumentos: "Não estou convencido de que ele é inocente, mas depois do que foi trazido pela defesa, não posso concluir com segurança que ele é culpado". BINGO, tínhamos convencido o Promotor natural do processo que não havia provas para uma condenação, e isso era essencial para também conquistar os sete jurados.

E assim como Pilatos, o Promotor do júri entregou ao povo o veredito. Caberia ao Conselho de Sentença avaliar, com uma responsabilidade ainda maior, a vida daquele homem e concluir se inocente ou culpado ele era. Em tréplica, voltou a defesa pontuando tudo que já havia sido dito e colocando respostas a todas as dúvidas lançadas pelo Promotor, para dar segurança aos jurados quanto ao devido veredito absolutório — que o absolvessem, como requeria o

Promotor, pela falta de provas, já que caso houvesse mudança nas investigações e elementos novos de autoria fossem colhidos, que Luan poderia novamente sentar-se no banco do júri e ter sua culpabilidade reavaliada.

A absolvição como requeria o Promotor era exatamente essa, mas a defesa queria, naquele dia, sentenciar de uma vez por todas aquela aflição reconhecendo a negativa de autoria, impossibilitando uma nova acusação diante daqueles fatos.

A SENTENÇA

Recolhido o acusado à cela, e dispensados todos os expectadores que estavam no salão do júri, ficando somente o juiz, serventuários, acusação e defesa, foi iniciada a tão temerosa votação.

Conforme rege a lei, é dado aos 7 jurados cédulas de "SIM" e "NÃO", para que possam votar objetivamente aos quesitos. Como primeiro quesito, é questionado sobre a materialidade (se o crime existiu), fato que era óbvio entre todos.

O quesito seguinte tratava da autoria, ou seja, se de alguma forma o acusado concorreu para o crime. Aqui se encontrava o grande impasse: a defesa defendia o "NÃO", e a acusação pretendia o "SIM", reconhecendo a autoria e podendo haver a absolvição por falta de prova no quesito seguinte.

Para nós, a defesa, uma absolvição no quesito genérico também seria uma vitória, mas fomos agraciados com um "não" por maioria. Os 4 primeiros votos abertos foram cristalinos em reconhecer, em plenitude, a tese da defesa e afirmar que Luan não corroborou de nenhuma forma para que o crime ocorresse, negando assim a autoria.

Toda a tensão em aguardar pela votação foi transformada em calafrios e sentimento de dever cumprido. Mais um filho retornaria para casa depois de 4 anos injustamente preso e acusado por um crime que não cometeu. As amarraras da persecução não mais o prenderiam, o tempo em cárcere não seria devolvido, mas sua vida poderia ser retomada junto à sua família, que ali no plenário estava desaguando em choro e preces de agradecimento.

CAPÍTULO II

SAIDINHA DO CRIME — 2° JULGAMENTO

A notícia da absolvição de Luan correu pelos quatro cantos da cidade, afinal, era tida como impossível, frente o cenário. Como ele mesmo havia me dito no primeiro encontro, todos os advogados, até então, haviam dito que o melhor caminho seria a confissão.

Por acreditar e ter provado a inocência de Luan, também fui procurado pela família de Iago, que inicialmente em contato tímido, perguntou-me eu se poderia trazer seu filho de volta para casa.

Pedi mais detalhes, e a mãe me disse que seu filho estava no presídio de Serrinha/BA após ter sido considerado pela administração penitenciária como líder de facção, e de alta periculosidade, e que por isso deveria ser mandado para o "castigo" após algumas supostas movimentações criminosas de dentro para fora do presídio. De antemão, mesmo louvando o resultado alcançado no processo, disse que não poderia garanti-lo ao seu filho, mas que poderia prometer uma coisa:

trabalharia sem descansar um único minuto na busca da liberdade.

A mãe, já descrente na justiça e nos advogados, posto que me confessou ter tido problemas com outros que me antecederam — os quais teriam levado seu dinheiro sem ter prestado o que fora comprometido —, senti que ficou em cima do muro.

Foi então que ela me solicitou que conversasse com Iago, para me apresentar, falar do processo e saber dele se deveria me contratar ou não. Era tempo de pandemia e as restrições ainda estavam em vigor. Consegui uma videoconferência e passei a conhecer sua história.

Já contratado, requeri em seu processo que houvesse a desistência do recurso, transferência dele para o presídio de Vitória da Conquista (onde estaria próximo da sua família), bem como o mais importante, que fosse agendado seu plenário do júri. Inicialmente de igual forma havia feito para o seu amigo, no entanto, o destino reservaria um caminho diferente que não era esperado.

O processo havia sido desmembrado, já que havia dois réus presos (o primeiro julgado e absolvido), restando somente Iago. Com o desmembramento, os dois réus que estavam em liberdade estavam em autos próprios (o processo foi dividido/desmembrado em três). No entanto, em despacho, o juiz do júri não só saneou o processo de Iago, marcando seu julgamento, como unificou com os autos dos dois acusados. Ou seja, agora Iago seria julgado com os demais acusados e ficaria frente a frente com o réu que confessou na delegacia e entregou Iago como sendo o autor dos disparos contra a vítima.

Não se sabia se o "delator" manteria a mesma versão que prejudicava diretamente a defesa do meu patrocinado. A chance dos dois "morrerem abraçados" era alta, pois na dúvida de quem estava falando a verdade, poderia o Conselho de Sentença entender que os dois tinham participação e condená-los.

Além do mais, o antecedente não ajudava. Foi aportado nos autos uma série de informações quanto à liderança de facção criminosa e assassinatos. Defendê-lo em um julgamento longe dos demais, com as provas que tinha no processo já era uma tarefa complexa, colocá-lo frente a frente com seu delator parecia mais um suicídio processual.

A sensação de estar levando meu patrocinado pelo "corredor da morte" tomava meus pensamentos, e quando abri o jogo para ele, vi no rosto o semblante do "estou perdido". No entanto, é claro, não poderia demonstrar fraqueza. Como capitão daquela defesa, precisava passar confiança no veredito absolutório.

Mesmo diante de uma batalha que parecia perdida, mantive-me de pé em busca de uma saída, pois se estavam os dois juntos e um foi absolvido após reconhecimento da negativa de autoria, não poderia agora o Conselho de Sentença condená-lo. Sabemos que no tribunal do júri tudo pode acontecer, inclusive uma condenação, e todas as informações novas nos eram fortemente desfavoráveis.

Diferente da defesa de Luan, aqui nós teríamos que demonstrar ainda mais argumentos. Além de afirmar que no processo não havia provas contundentes, era necessário provar que o outro denunciado, que estaria frente a frente com Iago (e, provavelmente, imputando-lhe a conduta de executor do crime), estava mentindo.

Foi então que passei a buscar no processo contradições na fala do delator, e um dos pontos de falha em seu interrogatório foi quando disse que usaria o carro emprestado para ir à churrascaria, enquanto o proprietário do carro disse que havia emprestado o veículo para comprar bebidas, já que no final de semana o delator completaria mais um ano de vida.

Essa contradição, apesar de parecer irrisória, na verdade só demonstrava o quão mentiroso e manipulador era o delator, que distorcia toda realidade ao seu favor e não poupava mentiras para que seu álibi pudesse prevalecer.

Além disso, foi dito pelo proprietário que emprestou o carro mediante troca com uma moto vermelha do delator, para que pudesse se locomover enquanto ele estivesse com seu carro. No depoimento do proprietário do carro nada foi relatado com relação a uma terceira pessoa que dirigiria seu veículo, já o delator afirmou em seu depoimento que não sabia dirigir, sabendo somente pilotar motocicleta.

O delator afirmou que, além de não saber dirigir, o condutor seria Luan, o que também foi desmentido pelo proprietário do carro vez que não tinha conhecimento de qualquer outra pessoa dirigindo seu veículo.

Assim além das informações e documentos apresentados na defesa de Luan, aqui nós também traçamos um perfil do acusado, ora delator, mostrando sua personalidade voltada ao crime e à manipulação. Outra questão importante era a motivação do crime, ou seja, por qual motivo o crime se deu.

Dentro dos autos não havia indícios fortes de que tanto Luan quanto Iago conhecessem a vítima ou tivessem qualquer desavença com a mesma. Havia uma confusão quanto ao motivo, tendo sido apontados dois. O primeiro motivo seria uma suposta guerra de facções no controle do tráfico de drogas daquela região. O segundo, apontava para indícios de um crime passional, uma vez que estava contido nos depoimentos colhidos em fase investigatória e em juízo sumário que a pessoa de nome Fernando (com o mesmo nome do réu delator), seria ex-namorado da atual ficante da vítima.

Ou seja, não havia elementos contundentes de que a vítima praticava qualquer ato ilícito ou mesmo se dedicava ao uso de drogas, o que inclusive foi desmentido pelo pai que afirmou que seu filho era pessoa trabalhadora e sem nenhum tipo de vícios, razão pela qual a motivação "guerra de facções" estava fadada ao fracasso. Apontou, ainda, para o suposto romance vivido pelo filho com a ex-namorada de um traficante conhecido como Fernando, sendo isso o que ouvia dizer dos populares do bairro.

O denunciado que se sentava no banco dos réus tinha nome de Fernando e, além disso, o proprietário do carro emprestado a ele afirmou que esse empréstimo se daria, na verdade, em troca de droga. Alegava que passou a usar cocaína e conhecia Fernando há pouco mais de cinco meses, sendo ele o fornecedor da droga que consumia.

Diante de todo o cenário, era necessário pensar para além da demonstração da negativa de autoria do meu patrocinado, que estava sentado injustamente no banco dos réus. Os antecedentes voltados ao tráfico, as investigações policiais que o apontavam como chefe de organização criminosa, por si só, não poderiam ser suficientes para demonstrar sua participação naquela empreitada criminosa. Então, precisávamos de uma estratégia mais audaciosa: em adição às provas que apontassem a negativa de autoria, era preciso imputar a quem de direito a culpabilidade daquele crime, e foi isso que nós fizemos.

As oitivas em plenário

Para realizar a estratégia traçada, precisávamos sentir as testemunhas já ouvidas no sumária da culpa, mas que agora estavam diante do Conselho de Sentença e poderiam trazer novas informações, relatando detalhadamente o que teria acontecido naquele dia. Duas das testemunhas ouvidas foram fundamentais para isso, uma vez que, do dia do crime, estavam trabalhando no comércio dos pais do acusado Iago, sendo oculares do percurso feito por ele durante toda a manhã até a ida para o presídio onde cumpriria pena no regime semiaberto.

Ao serem ouvidas, notou-se o descontentamento natural do representante ministerial que ouvia, palavra após palavra, as testemunhas derrubarem a narrativa do acusatório. Já que o acusado passou toda manhã naquele comércio, saindo somente para se apresentar à unidade prisional, como poderia ter sido executor daquele crime?

Assim, formava-se uma verdadeira inquirição apertada, posto que o Ministério Público, a todo momento, tentava demonstrar que as testemunhas estavam mentindo — o que foi infrutífero, porque elas se mantiveram firmes em seus depoimentos. Ambos os funcionários, compromissados a dizerem sua verdade na forma da lei, foram categóricos ao afirmar que o momento da saída se deu por volta do horário do almoço e que Iago, acompanhado de um amigo — até então desconhecido —, pegou carona com o seu pai e se dirigiu até o presídio. O amigo a que se referiram era Luan, que também estava preso, acusado pelo crime e absolvido no primeiro julgamento. Os relatos geraram descontentamento ministerial mas, naquele momento, nada mais poderia ser feito.

O CORRÉU PROPRIETÁRIO DO CARRO

Minha impressão pessoal, desde o início, foi de que Jailton não guardava qualquer relação ou conhecimento acerca do crime de homicídio que foi praticado com seu carro, mas que seria favorecido com alguma quantidade de droga para seu uso. Com isso, já havia exaurido mais de quatro anos de muito sofrimento diante de uma persecução criminal.

Um aparente simples empréstimo de um carro por algumas horas mudaria sua vida de uma forma drástica, passando a sentar no banco dos réus, acusado de um crime que poderia lhe render até 30 anos de prisão.

Seu depoimento não foi diferente dos outros já prestados, sendo contundente ao afirmar que emprestou o carro por algumas horas e que nada tinha de envolvimento com qualquer atividade criminosa, além do uso de cocaína. Falou da sua vida familiar, dos seus bons antecedentes e trabalho lícito, mostrando aos jurados que era um bom rapaz, mas que estava na hora errada, no lugar errado e, principalmente, com a pessoa errada.

Lembro-me de ter conversado com o advogado que o assistia no júri. Não sei se era o seu primeiro julgamento ou algo do tipo, mas a verdade é que eu não o conhecia. Fui muito bem recepcionado por ele e o questionei se sua tese de defesa, de alguma forma, imputaria responsabilidade ao meu cliente. Eu temia a união dos dois denunciados na tentativa de se livrarem, imputando a Iago a responsabilidade pelos fatos.

A resposta foi latente no sentido de que ele não modificaria uma palavra sequer do que já havia sido dito nos autos, ou seja, a sua defesa em nada afetaria a vida do meu cliente.

Digo isso porque eu já havia pensado na possibilidade da união de ambos, Jailton e Fernando, e de que seus patronos de alguma forma utilizassem o meu cliente como trampolim para absolvição dos respectivos patrocinados. Caso isso acontecesse, eu tinha traçado um "plano b", no entanto, aparentemente não iria precisar, tendo assim um único "inimigo": o delator.

Dessa forma, em plenário só nos restava um único alvo, o delator, e passaríamos a imputar a ele exclusivamente a culpa daquele crime bárbaro, motivado apenas por ciúmes, já que não aceitava o fim do relacionamento, nem muito menos, ver a vítima ao lado da sua ex-companheira.

O DELATOR

A afirmação investigativa de que, pela natureza do crime e região em que ocorreu, tratava-se de um crime a mando do tráfico de drogas foi fundamental para nortear o interrogatório. Restava, então, ao delator, Fernando, confirmar esse álibi — ou melhor, confirmar essa versão —, fazendo a sua meia culpa e retirando seu dolo ou mesmo o conhecimento mínimo de que a prática criminosa iria ocorrer, imputando-o exclusivamente a Luan que dirigiu o carro e a Iago, a execução.

Porém, quanto mais falava, mais o dito se apartava da realidade e as contradições se evidenciavam. Na primeira fase do Júri, e agora em plenário, as informações prestadas por ele não eram respaldadas pelos outros elementos informativos, seja depoimento do proprietário do carro, o interrogatório de Luan e Iago ou mesmo os documentos aportados aos autos que apontavam os horários de retorno ao presídio. Todas essas lacunas precisam ser devidamente apresentadas ao Conselho de Sentença.

A venda de drogas, o romance da sua ex-namorada com a vítima... Tudo isso foi ignorado. Foi dito por ele que não tinha qualquer conhecimento dessa suposta motivação passional do crime, tendo afirmado, mais uma vez, que ocorreu em decorrência da guerra do tráfico de drogas, na qual Luan e Iago seriam gerentes e comandavam aquele bairro, ordenando a morte da vítima por ela integrar facção rival e estar vendendo drogas naquela região.

Fernando disse que, naquele dia, Luan dirigia o veículo, porque ele não sabia conduzi-lo, e foram em direção ao Centro da cidade em busca de Iago, que estava no aguardo para irem à uma churrascaria. Afirmou que não identificou qualquer presença de arma fogo, tendo juntos rumado em direção à churrascaria. No percurso, ao passarem em frente ao bar onde a vítima estava, Iago teria pedido para que Luan parasse o carro, o que foi obedecido, tendo o primeiro descido do veículo em direção à vítima já com arma em punho, e disparado contra a vítima, ocasionando sua morte em plena luz do dia, por volta das 11h40min.

Ao retornar ao veículo, perceberam que havia policiais no quarteirão de cima, os quais entraram na viatura e foram em direção a eles, iniciando, assim, a perseguição. No entanto, próximo a um lugar conhecido como "Poço Escuro", teria perdido a direção do veículo, colidindo em um muro, e, ao tentar ligar para continuar a fuga, percebeu que o carro tinha sido danificado e não ligava mais. Ainda cambaleando, em virtude da colisão, viu que Iago havia se machucado e sangrava em sua cabeça, o que foi relatado inclusive na Delegacia de Polícia.

Todos desembarcaram do carro antes mesmo que a viatura chegasse e foram em direção à mata, porém, desencontraram-se, ficando o delator escondido na mata até por volta das 16h, quando já não havia mais policiais, não tendo encontrado com Iago e Luan, desde então.

Questionado a respeito da moto vermelha que teria prestado assistência na fuga dos algozes (o delator havia emprestado uma moto vermelha ao dono do carro), ele negou. Também o questionei a respeito do motivo pelo qual teria ligado para o proprietário do carro, pedindo que fizesse um Boletim de Ocorrência, afirmando que o carro tinha sido roubado. Ele disse que isso se deu porque o mesmo estava desesperado.

Inquirido por qual motivo ele havia dito ao proprietário do carro a frase "Eu fiz merda", em primeira pessoa, sem que houvesse declarado, naquele momento, que outra pessoa teria "feito merda" com o carro de Jakcson, ele não soube explicar. Ali eu tinha certeza de que a cereja do bolo foi devidamente posta, e que os debates seriam calorosos.

OS DEBATES COMEÇARAM

Confesso que, ao fim das oitivas, eu me sentia mais aliviado. O trabalho ainda seria árduo, mas havia conseguido trazer à apreciação dos jurados uma série de contradições. Mesmo com a pausa para o almoço, o meu patrocinado estava tão nervoso que sequer tocou na comida, o que não era diferente dos advogados que me acompanhavam. A expectativa para os debates era grande.

Iniciada a acusação, foi contada de forma detalhada todos os pormenores que rodeavam o caso e eram sustentados pela acusação. Explicou aos jurados quanto ao desmembramento do caso, que um acusado já tinha sido julgado e absolvido, e que naquele dia se sentavam no banco dos réus os denunciados remanescentes.

Dissertou quanto a materialidade do crime, e logo iniciou a construção da motivação. Sem surpresa, acatou a suposta guerra as drogas, afirmando que teria sido esse o motivo da prática criminosa que, segundo ele, assassinou a vítima por ela integrar um grupo rival dos acusados. Assim, decidiu seguir a linha de investigação policial e as informações trazidas por ela.

Já quase no fim de sua peroração, veio uma surpresa. Decidiu o Promotor de Justiça imputar o dolo do crime de homicídio somente ao meu patrocinado, afirmando que os autos não lhe davam segurança para imputar aos demais. Quanto ao proprietário do carro, era esperada tamanha envergadura, porém, não imaginava que a acusação consolidaria o álibi do delator.

Lembro que, nesse momento, a tensão de todos era gritante. Como dizemos aqui na Bahia, o cliente "tremeu mais que vara verde" e pairou sob os advogados uma comoção absurda, juntamente com o sentimento de derrota.

Encerrada a fala ministerial e dada uma pausa para os jurados irem ao banheiro, o cliente veio até mim e perguntou: "Doutor, quantos anos de cadeia eu vou tomar?". E eu devolvi com outra pergunta: "Quão grande é tua fé? Porque a minha é no Deus do impossível e eu não vim aqui tomar cadeia".

Os advogados me chamaram de canto. Lembro que um deles sugeriu um desmaio no meio do plenário (parece mentira, mas não foi), para que o Conselho de Sentença fosse dissolvido e o julgamento, remarcado. A ideia parecia tentadora para me livrar momentaneamente daquele problema, mas eu ri e falei para ele que nada tinha mudado, porque nos preparamos para provar a inocência e assim eu faria. Ainda desacreditados, em tom de brincadeira, para quebrar todo aquele clima pesado, falei: "Confia no pai que essa é nossa". Mas a verdade é que tudo parecia perdido. Só que Deus tinha me colocado ali para dar o meu melhor, e precisava que todos acreditassem na absolvição para que o time permanecesse unido.

COM A PALAVRA, A DEFESA

Foi questionado pelo juiz presidente se havia sido organizado entre a defesa a ordem e tempo a ser usado. Em regra, isso é feito pela ordem da denúncia e seríamos os primeiros a sustentar, no entanto, solicitei ao juiz presidente que deixasse por último o meu cliente, em homenagem ao contraditório, uma vez que um dos acusados fazia menção direta de culpa ao meu patrocinado, razão pela qual, para evitar surpresa e afronta ao direito de defesa, seria necessária a inversão.

Questionadas as partes, após alguns embates, foi deferida a inversão, razão pela qual passei a ser o último a apresentar os debates. Assim, a defesa foi iniciada pelo advogado do delator que, dentro dos 50 minutos que lhe cabia para explanar, passou grande parte exortando os presentes e exaltando a figura do Promotor de Justiça pela iniciativa de requerer absolvição do seu cliente. Lembro-me que pouco explorou os autos, fazendo-se de palavras doces e despreocupadas, de quem tinha a certeza da absolvição lavrada pelo Promotor.

Em seguida, assumiu a palavra a defesa do proprietário do veículo, sobre o qual havia um consenso que deveria ser absolvido das imputações. Era latente que uma condenação ao seu caso seria de grande injustiça, tendo seu advogado explorado questões familiares, a lisura da sua reputação, bem como não ter tido qualquer conhecimento dos fatos.

Uma coisa era certa, nos autos não tinha uma única virgula que pudesse demonstrar que ele concordou em participar emprestando o carro, ou mesmo, pudesse ter conhecimento de que seu veículo pudesse seria utilizado para o cometimento do crime. Assim, encerrou sua fala, restando-lhe pouco mais de 20 minutos.

Tomada a palavra, advertida a defesa de que havia tempo remanescente (dispensada pelo último advogado), foi requerida e concedida para a defesa de Iago o tempo restante, sem objeção das demais. Ou seja, teríamos um total de pouco mais de 1 hora e 10 minutos para convencer os jurados.

Comecei esmiuçando alguns detalhes e apresentando as primeiras contradições. Já que, antes de mim, outras três pessoas contaram a história, era meu papel explorar alguns poucos pontos não trazidos, mas, principalmente, as incongruências das provas.

Trouxe a história de Luan que, alguns meses antes daquele julgamento, sentou-se no banco dos réus, acusado do mesmo crime, e saiu dali liberto com sua inocência reconhecida. Era o clima que precisava criar para ter a atenção dos jurados e lhes apresentar as provas e contradições que deveriam por eles ser analisadas.

De início, expus que Luan, que foi absolvido, estava com Iago. O álibi de um era o outro e de ambos estava comprovado pelas testemunhas que foram ouvidas em plenário, as quais afirmaram que Iago permaneceu na loja durante toda a manhã, tendo saído por volta do meio dia, juntamente com seu pai que deu carona para ele e para Luan, que rumaram ao presídio onde se apresentariam para o retorno da saída temporária do feriadão.

Naquele momento, já insinuava que o único autor do crime estava ali no plenário tentando fazer meia culpa para sair liberto, dando a entender que se tratava do delator. Ali eu disse:

"Caso vossas excelências não depositem nenhuma confiança no que foi dito por Iago e pelas duas testemunhas oculares que o viram por toda manhã na loja, que reconheçam como verdade o documento feito pelo próprio estado que garante que ele e Luan chegaram na unidade penal às 13h"

E, antes mesmo de distribuir o documento para os jurados, fui interrompido por uma questão de ordem do advogado do delator, afirmando que o documento não estava nos autos e, portanto, não poderia ser exibido.

Antes mesmo de o juiz presidente tomar a palavra, passei a bravejar quanto à sua interrupção desleal para quebrar a construção do raciocínio. Fui, então, questionado pelo juiz para apontar onde estariam os documentos, tendo lhe informado que havia apresentado pelo art. 479 (o qual permite que as partes juntem aos autos, até três dias antes da sessão, todos os documentos, fotos e notícias que guardem relação com os fatos).

Foi aí que ouvi o burburinho, entre os advogados do delator, que não tinham tido acesso ao documento pelo pouco tempo apresentado. Eu tentei me segurar, mas não poderia perder a oportunidade: *"Doutor, eu não tenho culpa se o senhor não estudou o processo".*

O clima de tensão aumentou. Passamos a discutir e o juiz presidente tomou a palavra, solicitando que o advogado do delator requeresse o que pretendia, já que passou a dizer que estava sendo prejudicado e que o documento não existia nos autos. Assim, impugnou a exibição do documento, bem como o fato de o tempo remanescente ter sido entregue a nós em sua totalidade, requerendo que fosse dividido para que retornasse aos debates.

Foi-me concedida a palavra para contrapor, o que de forma irônica fiz:

> *"Ora, excelência, o ilustre advogado afirma não ter tido acesso aos documentos juntados há três dias, como preza do art. 479, mas se esquece de que esses mesmos documentos foram juntados um ano atrás. Será um ano tempo suficiente para ler meia dúzia de páginas? No que tange ao tempo remanescente creditado ao derradeiro debatedor, partimos de uma premissa aprendida nos primeiros dias da graduação de Direito. Aqui na plateia temos algumas dezenas de*

estudantes que nos prestigiam com sua presença, e se eu os questionasse, diriam que o Direito não socorre os que dormem".

Foi então que o burburinho na plateia começou. Os advogados ficaram incomodados com as palavras, mas elas foram ratificadas pelo Promotor em seu parecer, o que também foi acolhido pelo juiz presidente. Requereu o advogado que a decisão constasse em ata. No entanto, ao dizer o nome do seu cliente, o advogado errou, o chamando de um nome desconhecido aos autos. Assim, retornei à peroração de forma incisiva e passei a dizer que o advogado do delator sequer sabia o nome do seu patrocinado, quem dirá teria conhecimento dos fatos, restando-lhe utilizar do seu tempo para contar histórias periféricas às provas, e que agora sabíamos o motivo.

Errar o nome do cliente e dizer que não tinha visto os documentos aportados aos autos era tudo que eu precisava para dar ainda mais enfoque às contradições, más interpretações e manipulações do delator.

Lembro que, em algum desses momentos, foram desferidas a mim palavras, na tentativa de manchar minha lisura e conhecimento. Interrompi os debates, requeri que o juiz presidente me garantisse a palavra, passando a afirmar também que estávamos diante de um advogado antiético, desrespeitoso e sorrateiro, que se aproveitava da aparência idosa para fazer promessas irreais aos clientes alheios, chegando a dizer que tinha conchavo com o juiz para conseguir a liberdade, mas, que ele estava diante de um juiz justo que honrava a boca, diferente daquele defensor. Foi a gota d'água para o tempo fechar de vez e o juiz tomar a palavra para acalmar os ânimos e dar prosseguimento ao feito.

Continuei examinando os autos, narrando a impossibilidade do meu cliente ter cometido o crime, frente às testemunhas, levando inclusive a rota via GPS e o tempo gasto no percurso, demonstrando que seria impossível cometer o crime às 11h40min em um ponto da cidade e estar às 13h no outro extremo. Ressaltei, aqui, que o delator havia dito que Iago tinha cortado a cabeça. Foi então, que apresentei o laudo de lesão corporal feito naquele dia, o qual não apontava qualquer lesão.

Em face ao que viu e constatou, tem a referir o seguinte: **HISTÓRICO:** No dia, hora e local acima referido, o periciando compareceu a esta unidade, munido da guia policial de nº. 01062/18, expedida pela 10ª Coordenadoria de Polícia do Interior - PC - VC, para submeter-se a exame médico legal.

Refere a guia que o periciando fora preso em flagrante em 07/07/2018 às 19 horas.

DESCRIÇÃO: Ao exame, lúcido, ativo, orientado. Ao exame físico não apresenta lesões identificáveis à inspeção. Nada mais tendo a relatar, deu por encerrado o presente exame, passando as respostas aos quesitos médico-legais: ao 1º quesito: Não; do 2º ao 6º quesito: Prejudicado.

E para constar, lavrou-se o presente Laudo que vai assinado e rubricado pelo Perito acima mencionado, composto por 01 folha, frente e verso.

Vitória da Conquista, 08 de julho de 2018.

Como poderia ter cometido o assassinato, cortado a cabeça, se chegou ao presídio em tão pouco tempo e sem nenhuma lesão? A administração penitenciária mentiu ao declarar em documento oficial o horário que ele chegou, ou o médico legista do estado omitiu uma lesão na cabeça decorrente da suposta batida?

Deixei claro que a única pessoa que tinha conhecimento dos fatos, que sabíamos que estava no carro e que tinha motivos para matar a vítima era o delator. A cereja do bolo estava posta, aquele que delatou o fez para esconder ser ele o único no local do crime e com motivos reais para dar fim à vida da vítima, e assim o fez, por razões passionais, uma vez que sua ex-namorada passou a se relacionar com a vítima.

A VOTAÇÃO

Como de costume, por não haver sala secreta, foi determinado que todos os presentes na plateia e o acusado deixassem o local. O clima de tensão ainda era alto e os resmungos do outro advogado eram latentes, mas minha única preocupação naquele momento era o resultado.

Posto isso, iniciada a votação pelo meu cliente, foi questionado aos jurados quanto à materialidade (se houve um homicídio), o que foi afirmado pela maioria. Quanto ao quesito de autoria, esse que poderia absolver e acabar com tudo, cada voto contado gerava um misto de ansiedade e esperança. Assim, foi questionado se naquele dia Iago disparou contra a vítima, causando sua morte.

A primeira cédula retirada do baú foi apresentada e nela constava um "NÃO"; aberta a segunda cédula, e outro

"NÃO"; e também a terceira cédula, tendo, assim, três votos "NÃO". É indescritível o sentimento, mas o jogo ainda não estava ganho. Foi então que o quarto jurado deu o veredito final, chancelando a inocência com mais um voto "NÃO".

TRIBUNAL DE JUSTIÇA DO ESTADO DA BAHIA
Vara do Júri e Execuções Penais de Vitória da Conquista
Praça Estêvão Santos, 41, Centro, Vitória da Conquista-BA, CEP: 45.000-905
Telefone: (77) 3425-8912 - E-mail: vconquistavjuri@tjba.jus.br

JUÍZO DE DIREITO DA VARA DO JÚRI DA COMARCA DE VITÓRIA DA CONQUISTA - BAHIA.

QUESITOS SUBMETIDOS À APRECIAÇÃO DO CONSELHO DE SENTENÇA

Ao primeiro dia do mês de setembro do ano de 2022 (dois mil e vinte e dois), na Sala Secreta do Tribunal do Júri, presentes os JURADOS integrantes do CONSELHO DE SENTENÇA, o Promotor de Justiça e a Defesa do Acusado, além dos Oficiais de Justiça ▉▉▉▉▉▉▉▉▉▉▉tista e ▉▉▉▉▉▉▉▉tos, comigo Diretora de Secretaria, no final assinados, sob a presidência do MM. JUIZ DE DIREITO PRESIDENTE e Presidente do Tribunal do Júri, Dr. ▉▉▉▉▉▉▉▉▉▉▉, por este foram formulados os QUESITOS, abaixo transcritos e seguidos das respectivas RESPOSTAS oferecidas pelos sete (07) JURADOS integrantes do CONSELHO DE SENTENÇA, através das CÉDULAS DE "SIM" e "NÃO" que lhes foram previamente distribuídas e recolhidas pelos Srs. Oficiais de Justiça, tudo em conformidade com o disposto nos arts. 482 e seguintes do Código de Processo Penal, inclusive com a devida conferência das cédulas não utilizadas.

1) No dia 07 de julho de 2018, por volta de 11h40, em via pública, na Rua Olavo Ramos, Bairro Guarani, nesta Cidade de Vitória da Conquista/BA, a vítima R███████████████ sofreu ferimentos decorrentes de disparo de arma de fogo que lhe acarretaram a morte?
RESPOSTA: SIM, POR MAIS DE TRÊS VOTOS

2) O Réu I██████████A desferiu disparos de arma de fogo contra a vítima R█████████ MOREIRA, produzindo os ferimentos descritos no quesito anterior que lhe acarretaram a morte?
RESPOSTA: NÃO, POR MAIS DE TRÊS VOTOS

3) O jurado absolve o acusado I██████████A?
RESPOSTA: PREJUDICADO

4) O crime foi cometido por motivo torpe, qual seja, em razão do tráfico de drogas e da disputa entre as facções criminosas "Tudo 2" e "Tudo 3"?
RESPOSTA: PREJUDICADO

5) O crime foi cometido mediante recurso que impossibilitou a defesa da vítima, qual seja, ter sido esta atacada de surpresa e quando estava de costas para os atiradores?
RESPOSTA: PREJUDICADO

Assim, por maioria dos sete jurados, foi decidido que o meu patrocinado era inocente, não por falta de provas, mas por negativa de autoria, visto que provou estar em local diverso e não ter qualquer conhecimento do crime, pondo fim à uma prisão injusta que já alcançava 4 anos.

O proprietário do carro também foi absolvido pela negativa de autoria. Sobre o delator, mesmo tendo sido requerida a absolvição pelo Promotor, foi reconhecida sua autoria, no entanto, foi absolvido por falta de prova, podendo ser novamente processado, caso haja provas novas que justifiquem uma nova persecução.

CAPÍTULO III

O ALCOOLISMO NO BANCO DOS RÉUS

Lembro que, em meados de abril do 2022, recebi uma ligação de uma irmã desesperada, que disparou uma série de informações que mal podiam ser compreendidas. Deixei-a falar, pois sabia que era um desabafo, mas logo tomei o controle da situação e pedi para que ela se concentrasse em responder às minhas perguntas.

Logo, consegui compreender que o irmão dela, Leonardo, tinha sido preso em flagrante em decorrência da tentativa de homicídio de uma mulher. De cara, achei que se tratasse de mais um caso de feminicídio, então, ao questionar, tive a certeza de que não. Na verdade, estavam todos bebendo durante todo o dia e, em decorrência de uma discussão, houve uma confusão generalizada e agressões verbais, murros, tacadas e o uso de uma faca que perfurou a vítima.

Consultei os autos e analisei a denúncia que já havia sido oferecida e, na busca de elucidar melhor os fatos, fazia paralelo entre o que havia nos autos e o que me era dito pela família:

O denunciado, no dia 13 de março de 2022, por volta das 18h00, em via pública, na rua M, loteamento Jardim Valéria, bairro Campinhos, nesta cidade, desferiu, com a evidente intenção de matar, golpe de faca em M███████████████ ███████████████, produzindo-lhe lesões corporais descritas, provisoriamente, nas guias para exames de lesões corporais de fls. 21 e 32.

A vítima só não morreu por circunstâncias alheias à vontade do acusado.

Assim deram-se os fatos:

No dia, horário e local acima informados, a vítima, o denunciado e outras pessoas estavam em um bar ingerindo bebidas alcoólicas e jogando sinuca.

Em determinado momento, o acusado passou a mão entre as pernas de Eliene de Oliveira Sousa, sem o consentimento desta, o qual foi repreendido pelo genro de Eliene de vulgo "Dinho".

O acusado, não tendo gostado de ter sido alertado por Dinho, saiu do local e retornou com uma faca na intenção de desferir os golpes contra Dinho.

MINISTÉRIO PÚBLICO DO ESTADO DA BAHIA

12ª Promotoria de Justiça de Vitória da Conquista-BA

Ato contínuo, Dinho, E██████ filha desta, de prenome D█████, armaram-se cada um com um taco de sinuca para defenderem-se do acusado.

Em seguida, a vítima interveio na briga para tentar acalmar os ânimos dos contendores, momento em que recebeu um golpe de faca desferido pelo acusado.

Após o golpe, D█████ acertou um golpe com o taco de sinuca no braço do increpado fazendo com que esse deixasse a faca cair no chão e saísse do local.

A vítima foi socorrida e levada ao hospital, sendo submetida a um procedimento cirúrgico.

Portanto, o crime apenas não se consumou por circunstâncias alheias à vontade do denunciado, visto que fora impedido por terceiro de continuar a efetuar os golpes e porque a vítima foi socorrida a tempo.

Registre-se, ademais, que o acusado incorreu em erro na execução, tendo em vista que por acidente ou erro no uso da faca, acertou pessoa diversa (ora vítima) da pretendida (Dinho), devendo responder como se tivesse atingido esta, nos termos do art. 73, do Código Penal.

O crime foi cometido porque o acusado não gostou de ter sido repreendido por Dinho para que parasse de incomodar Eliene.

Motivação fútil, destarte.

Assim, ficou evidente que todos estavam no bar fazendo consumo de bebida alcoólica, quando, por algum motivo que ainda não me era claro, passaram a discutir de forma generalizada. O grande problema de tudo isso era que o próprio acusado não se recordava de absolutamente nada. Havia na delegacia um depoimento detalhado do mesmo, mas, em conversa com ele, relatou não lembrar de nada, além de acordar no hospital todo sujo de sangue e muito machucado.

Tais afirmações me pareceram contraditórias, frente ao interrogatório colhido em sede policial, o que foi por diversas vezes confrontado. Não aceitaria que estivesse mentindo, por pior que fosse a verdade, precisava confiar em mim.

Na delegacia, foi ouvida Eliene (sogra), a qual relatou:

Que no início da tarde do dia 13/03/2022, a declarante estava companhia de M███████████████████OS, em um bar; Que a declarante estava sentada, e em cima da sua saía havia uma carteira de cigarros; Que todos ingeriam bebida alcóolica, inclusive o amigo L████ ███████████████, o qual se aproximou e pôs sua mão entre as pernas da declarante, por baixo da saía, momento em que a mesma empurrou o braço dele e este ainda disse "EU PEGO EM BUCETA ASSIM"; Que L████ não chegou a atingir a vagina devido a declarante ter empurrado seu braço; Que a declarante chamou a atenção de L██████ e pediu que não chegasse perto novamente; Que L██████ ainda continuou incomodando a declarante, momento que ele foi chamado a atenção por DINHO, este genro da declarante; Que LUCIANO não gostou de ser alertado por DINHO, e ele disse que sairia e voltava, como de fato aconteceu; Que L████████ retornou e chamou em via pública a filha da declarante, D███████, a qual de posse de um taco de sinuca foi até L██████; QUE a declarante, bem como DINHO também buscaram pegar um taco para tentar se defenderem; QUE L████████ puxou uma faca e foi pra cima da declarante, DINHO e D█████████, tentando desferir golpes; QUE todos con████████ se defender com os tacos, desferindo alguns golpes em L████████ para desarmá-lo; Que nesse momento M███████ aproximou da

GOVERNO DO ESTADO DA BAHIA
POLÍCIA CIVIL
DELEGACIA DE HOMICÍDIOS - VITÓRIA DA CONQUISTA
VITÓRIA DA CONQUISTA - BA

briga, sem nenhum instrumento de defesa, e logo foi ferida por um golpe de faca desferido por ███████O; Que após esta ação, D████████ acertou um golpe com o taco no braço de L████████O e este deixou cair a faca, sendo esta arrecadada pela declarante até a chegada da Polícia Militar; Que L████████ já tinha se evadido do local, mas foi preso posteriormente; Que a declarante acredita que L████████ não percebeu que havia desferido uma facada em M█████ pois estava muito embriagado, QUE ressalta que no momento inicial da discussão, LU████████ não estava de posse da faca; QUE provavelmente ele saiu para pegar a faca e retornou para se vingar de DINHO; QUE acredita que LU████████ queria esfaquear DINHO e só atingiu M█████ porque ela entrou na frente do golpe; Que não tem mais nada a dizer.

Ainda em sede policial, em seu interrogatório, desassistido de advogado, foi dito por Leonardo:

> Delegado(a) de Polícia, RESPONDEU: QUE confessa que na presenta data praticou uma tentativa de homicídio contra a pessoa de M█████████████████████, quando desferiu um golpe que acertou a vítima; QUE informa que tudo começou com uma discussão com a pessoa desconhecida do interrogado, pois este estava com ciumes de uma mulher de pre███ DANIELA; QUE dessa discussão M████ interveio no momento em que o interrogado tentou desferir um golpe de faca contra o rapaz sendo certo que a faca atingiu M████ e esta ficou lesionada na barriga; QUE intenção do interrogado era de desferir o golpe contra rapaz da discussão,mas M████ ficou na frente do golpe e este acertou ela causando lesões corporais; QUE não sabe dizer quem acionou o resgate SAMU para socorrer M████ QUE saiu do local e foi para casa de uma amigo sendo certo que os policiais apareceram e prenderam o interrogado logo após o crime, e não esboçou nenhuma resistência pois sabia do crime cometido; ; QUE usou uma faca tipo peixeira, pois trabalha como magarefe; QUE se encontra com lesões corporais e esta manchado de sangue humano, pois o rapaz chegou a desferir um paulada que acertou o braço do interrogado e por isso saiu do local com a faca usada no crime; QUE esta respondendo um processo pois acusado de violência domestica e familiar nesta Comarca; QUE não faz uso de drogas ilícitas; . Em

Como poderia ele, na delegacia, descrever tantos detalhes e, posteriormente, não se lembrar?! Recordo que, ainda preso, levei seu depoimento, pedi para que olhasse a assinatura, e ele confirmou ser dele.

Pedi para ser sincero, e tive a seguinte resposta: "Doutor, eu realmente não lembro. A assinatura é minha, mas eu não me recordo".

Foi, então, que busquei ir mais a fundo em sua vida pessoal e entendi que estava diante de um homem de 30 e poucos anos, mas com aparência de mais de 40 anos, em virtude de quase metade da sua vida ter sido dedicada ao alcoolismo.

Inicialmente, pensei ser mais um que bebia aos fins de semana, mas em conversa com ele e com sua família, explorando seu histórico familiar, vi que o alcoolismo ultrapassava gerações como saída para uma vida sofrida e de abandonos. Mesmo sendo o irmão mais novo, por ser o único homem com a morte do pai, teve que largar os estudos e trabalhar para sustentar a família, desde os 12 anos de idade.

Com a viuvez, sua mãe adentrou em quadro profundo de depressão e por muitas vezes foi buscada de carrinho de mão (carriola), caída pelas calçadas, em decorrência do abuso de álcool. Esse cenário era corriqueiro e passei a imaginar o quão destrutivo era para a formação de uma criança.

Suas duas irmãs mais velhas, durante todos os contatos que tivemos, eram uníssonas em afirmar o quão trabalhador e amoroso é o acusado, porém, que havia se entregado ao alcoolismo, de modo a não reconhecer nem mesmo elas. Por diversas vezes, buscaram ajuda profissional e, em alguns momentos, o tratamento foi iniciado, mas abandonado em seguida, devido às recaídas para o vício.

Ao ter acesso a essas informações, comecei a entender e acreditar na possibilidade de ele não se recordar do que havia ocorrido naquele dia. As peças do quebra-cabeça passaram a se encaixar e fazer sentido.

Busquei saber pormenorizado cada aflição, cada desafio que aquela família havia passado, e cada vez mais ficava encantado por saber que, apesar de tudo, todos eram tão unidos e não largavam um ao outro nem na pior atribulação. Ouvi de uma das irmãs: "Eu sei que meu irmão está doente e quantas vezes for preciso eu vou pegar ele caído na rua e levar para casa e cuidar. Ele fica bravo comigo, porque tranco ele em casa para não sair, mas é o que posso fazer para ajudar". Aquelas palavras tocaram em minha mais profunda essência humana, como poucas antes.

Dia após dia, lidando com violência na advocacia, acabamos por perder/esconder nosso sentimento de compaixão, mas ali me deparava com sentimentos genuínos, que me fizeram transbordar pelos olhos o que não cabia mais no peito. Hoje, costumo dizer que a advocacia criminal, antes de tudo, é sentida.

O DIA DA AUDIÊNCIA – 1ª FASE DO JÚRI

No primeiro dia de audiência, foram ouvidas as testemunhas de acusação que consistiam nas pessoas envolvidas na confusão. Ou seja, marido, esposa, sogra, vítima e o dono do bar. Lembro que, de cara, foi constatada a ausência do marido que, a meu ver, foi o pivô de toda confusão.

A defesa também havia arrolado as testemunhas de acusação, acrescentando em seu rol tão somente uma das irmãs que sabia esmiuçar todos os fatos e seria indispensável para entender a profundidade do problema.

Já haviam se passado alguns meses e diariamente eu cobrava que Leonardo ingressasse em um grupo de tratamento contra o alcoolismo e que me mandasse seu prontuário, receitas médicas. Todavia, até ali, nada tinha sido feito e isso prejudicava muito a nossa tese defensiva.

A ideia era trazer aos autos comprovações da sua enfermidade, relatada por laudos que diagnosticassem sua situação e pudessem dar à defesa técnica amparo legal e clareza na tese escolhida. Naquele momento, a busca era pela desclassificação do crime doloso contra a vida para uma lesão corporal, mas não poderia se negligenciar uma possível ida ao júri, então, tinha-se que construir um acervo probatório para eventuais teses distintas.

Foram ouvidas as testemunhas de acusação, sendo a esposa do pivô da confusão, sua mãe e o dono do bar. Relataram que Leonardo estava completamente embriagado e, em certo momento, colocou as mãos no meio das pernas de

Eliene (a sogra), onde se encontrava uma carteira de cigarros. E quando interpelado pela violação, passou a ficar agressivo.

Daí então, Dinho (o marido), passou a discutir com Leonardo que, revoltado, teria saído do local e voltado alguns minutos depois com uma faca, à procura de Dinho. A partir disso, fazendo uso de tacos de sinuca, passaram a bater em Leonardo para que largasse a faca e, no meio das agressões, a vítima Mariana, na tentativa de cessar a confusão, aproximou-se de Leonardo e foi apunhalada pelo mesmo. Segundo as duas testemunhas, a facada teria como destino a pessoa de Dinho, mas, por erro de execução, acertou pessoa diversa.

Ao ver a vítima cair, Leonardo teria fugido do local e os presentes teriam acionado o SAMU 192 para fazer o resgate. Levada ao Hospital, foi feita cirurgia de urgência e a saúde restabelecida. Leonardo foi agredido e precisou ser levado ao hospital para cuidados médicos e suturas.

Por último, foi ouvida a vítima que, em suma, falou não ter tido conhecimento do motivo da briga, mas que teria sido apunhalada por Leonardo. Questionei-a se havia alguma inimizade, discussão ou algo do tipo, que pudesse justificar a atitude. Foi quando ela afirmou serem amigos de muitos anos, que nunca tiveram qualquer problema e que, naquele dia, Leonardo estava completamente bêbado e sem discernimento.

Completou dizendo que a facada não foi para ela, que já o tinha perdoado, pois sabia que ele é um bom homem.

A audiência precisou ser remarcada, pois duas das testemunhas de acusação, apesar de intimadas, não haviam comparecido, e, após a oitiva, viu-se que havia alguns pontos obscuros na narrativa, sendo imprescindível que fossem ouvidas, o que levou o Ministério Público a requerer condução coercitiva.

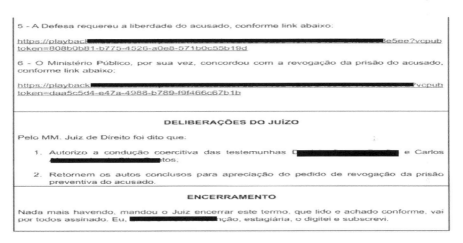

A LIBERDADE

Encerrada a audiência com insistência do MP para oitiva de uma testemunha não localizada, e tendo todos ali se comovido com o depoimento da vítima, requeri a liberdade de Leonardo, afirmando que seu mal era consigo mesmo, em virtude do alcoolismo, mas que não ofereceria risco qualquer a ordem ou ao processo, pois sequer a vítima, Mariana — que poderia temer a sua presença ou mesmo insistir na manutenção da sua prisão—, havia tecido elogios para com a conduta do acusado, tendo-o perdoado pela agressão, inclusive, razão pela qual não fazia sentido uma prisão cautelar.

Assim, foi decidido:

Com efeito, não há nenhum elemento nos autos que demonstre a necessidade de manter a segregação cautelar do acusado, pois, pelas provas produzidas até o momento, constata-se que a concessão da liberdade ao réu não colocará em risco a ordem pública, uma vez que não existem indícios concretos que demonstrem que este, caso solto, voltará a delinquir.

Entendo que, neste caso, é necessária e suficiente para evitar o cometimento de novas infrações penais e garantir a instrução processual penal e a futura aplicação da lei penal, a concessão da liberdade provisória mediante a aplicação de medida cautelar.

Ante o exposto, concedo LIBERDADE PROVISÓRIA ao acusado L████████ ████████ ███████, aplicando-lhe MEDIDA CAUTELAR DE PROIBIÇÃO DE FREQUENTAR BARES E LOCAIS SIMILARES, com base nos artigos 282 e 319 do CPP, com a redação dada pela lei 12403/11.

Após 257 dias, finalmente, a família estava completa.

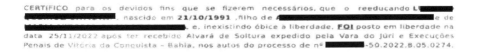

GOVERNO DO ESTADO DA BAHIA
Secretaria de Administração Penitenciária e Ressocialização - SEAP
Conjunto Penal de Vitória da Conquista

CERTIDÃO DE CUMPRIMENTO DE ALVARÁ

CERTIFICO para os devidos fins que se fizerem necessários, que o reeducando L███████ ████████████, nascido em **21/10/1991**, filho de ███████████ e de ████████████████████, e, inexistindo óbice à liberdade, **FOI** posto em liberdade na data 25/11/2022 após ter recebido Alvará de Soltura expedido pela Vara do Júri e Execuções Penais de Vitória da Conquista – Bahia, nos autos do processo de nº ███████-50.2022.8.05.0274.

Conjunto Penal de Vitória da Conquista , VITÓRIA DA CONQUISTA/BA, 25/11/2022

No Impedimento

E███████████████████302337715██
Diretor(a) da Unidade Prisional

LIBERADO

Mas havíamos vencido somente uma das batalhas. O grande desafio ainda estava por vir e não poderíamos, de forma alguma, abaixar a guarda. Com Leonardo de volta em sua casa, passamos a respirar aliviados. Contudo, o preparativo para a segunda audiência continuava.

2ª AUDIÊNCIA

Lembro que, logo de início, descarreguei uma série de irresponsabilidades dele para comigo e seu processo. Em uma das falas, recordo-me de dizer: "Se você quiser voltar para a prisão, avisa que renuncio ao processo e você não me faz perder meu tempo e esforço em te ajudar. Sua família e eu estamos fazendo o máximo, mas você não faz nada para se ajudar".

As palavras foram duras, mas necessárias. Não iria me esforçar para dar o melhor em um processo no qual o acusado não se importava em fazer o mínimo. Havia conseguido acompanhamento gratuito com psicólogo, assistente social e grupo de apoio aos alcoólatras. Leonardo foi algumas poucas vezes e, simplesmente, abandonou.

Entramos na audiência e, sabidamente, fiz questão de levar a situação ao Promotor de Justiça e à juíza, acreditando que seus intentos humanos se juntariam a um sermão uníssono para que acusado revisse suas atitudes.

E assim foi feito. Antes mesmo de começar a audiência, Leonardo ouviu duras, mas reais, palavras do Promotor e da Juíza, em um único soneto de que todos estavam compadecidos com a situação dele, contudo, que sem colaboração dele, não poderíamos nada fazer.

Leonardo de cabeça baixa, olhos brilhantes de lágrimas, só balançava a cabeça em sinal que concordava, e sussurrava que dali para frente seria diferente.

Iniciada a audiência, foram ouvidas as duas testemunhas faltantes na primeira assentada. Disse Dinho (genro e pivô) que Leonardo estava consumindo bebida alcoólica com ele e que, em certo momento, pegou nas partes íntimas da sua sogra (Eliene), o que, segundo ele, tratava-se de um abuso sexual, situação confirmada por sua companheira, que é filha da suposta molestada.

Disseram que, após reprimir Leonardo pela atitude, ele saiu do local e voltou com uma faca para atentar contra Dinho e que as mulheres se armaram com taco de sinuca e começaram a bater em Leonardo, tendo Dinho se juntado às agressões.

Em certo momento, Mariana (a vítima), dirigiu-se até Leonardo e foi apunhalada por ele. Quando questionados pela defesa, disseram que Mariana não tinha visto a faca e nem Leonardo havia visto a vítima. E com relação às tacadas, afirmaram que foi tão somente com intento de desarmar Leonardo, o que foi alcançado, e o mesmo teria fugido do local.

Encerrada a oitiva das testemunhas, de maneira ainda informal, dirigi-me ao Promotor de Justiça, questionando se ainda sustentaria a denúncia e que, caso desistisse das qualificadoras ,eu abriria mão do recurso e iríamos ao plenário o quanto antes.

Foi então que, convencido de não haver provas da qualificadora de motivo fútil, o ilustre Promotor aderiu ao solicitado pela defesa e, em suas alegações finais orais, pugnou pela pronúncia pelo crime de homicídio simples. Pela defesa, foi requerida a tese de desclassificação para lesão corporal, ou subsidiariamente para homicídio privilegiado, uma vez que se tratava de erro de pessoa.

Proferida a sentença, foi acolhida a tese ministerial de pronúncia pelo homicídio simples, tendo ambas as partes, com o consentimento do acusado, renunciado ao prazo recursal e saído todos dali intimados para o grande dia: o dia do júri popular.

DIA DE JÚRI: O ALCOOLISMO NO BANCO DOS RÉUS

Na véspera do julgamento, fui até a casa de Leonardo, onde pude ver com meus próprios olhos a vivência entre família. Ao meu lado, foram alguns jovens advogados que estavam a participar de uma Imersão no Tribunal do Júri, na qual sou mentor. Antes do plenário, queria que eles sentissem o processo na própria pele, e não de forma engessada, como nos bancos universitários ou mesmo como é conduzido normalmente o processo. Queria que eles sentissem a máxima que sempre os dizia: "O júri é mais sentido que percebido, e começa muito antes da abertura da sessão".

Foi uma conversa extremamente agradável. Apresentei Leonardo aos advogados que encararam as trincheiras da sua defesa e logo vi entre eles o que estava a buscar: conexão. Precisava que os advogados sentissem os fatos e isso pôde muito bem ser percebido com as horas de conversa agradável, mas, às vezes, também tensa.

Já era tarde, e nos despedimos para nos reencontrarmos no dia seguinte, em plenário. Antes, uma das irmãs de Leonardo puxou uma oração que entregou não só o processo, mas as nossas vidas ao Senhor Jesus. Ali, mais uma vez, tive a certeza de estar no caminho certo e, como um sopro de Deus, sentia minha alma leve e refrigerada para conduzir a defesa no dia seguinte.

Reencontramo-nos no dia seguinte, quando nem mesmo o plenário tinha sido aberto, mas ali já começava o júri. Cada centímetro daquele plenário estava sendo observado e o comportamento da banca de defesa já era avaliado pelos populares que naquele lugar estavam para serem sorteados e comporem a mesa de jurados.

Foram sorteados os jurados, sendo dois homens e cinco mulheres; e ouvidas as testemunhas que também tinham deposto na fase sumária. Nesse momento, eu tinha um objetivo bem específico, que era demonstrar que Leonardo não tinha qualquer *animus necandi* contra Mariana, nem mesmo a outra pessoa, uma vez que estava ali por uma acusação de erro de execução (ou seja, de pretender a lesão de um, mas ter acertado outro).

Durante as oitivas, meus questionamentos foram direcionados justamente nesse sentido, quem teria iniciado as agressões e a quem Leonardo destinava os movimentos. Fiz algumas perguntas que estavam sendo mal compreendidas, levando a respostas que não contribuíam para meu intuito, porém, eu tinha que insistir. Foi então, que me aproximei da testemunha e pedi para que ela me mostrasse a qual distância Leonardo estava e quais movimentos fazia.

Dessa maneira, ela disse que estava a uma distância de mais ou menos um metro e que os movimentos não eram direcionados a alguém, mas sim, feitos a ermo. BINGO!! Ali, eu conseguia extrair exatamente o que queria e continuei querendo mais.

Depois de muito perguntar, a testemunha afirmou que os golpes que deram com o taco de sinuca aconteceram antes mesmo de Leonardo usar a faca para ameaçar, tendo assumido que, ao verem o instrumento, ficaram com medo e passaram a usar o taco para se defender. Perguntado se

Leonardo teria tentado se aproximar de alguém enquanto fazia as manobras com a faca, a testemunha disse que não, tendo ele permanecido inerte onde estava.

A cereja do bolo, assim, estava posta: consegui, em plenário, demonstrar que as tacadas se deram antes de Leonardo se fazer da faca para intimidar e, após ser agredido, usou a faca com golpes a ermo, a uma distância de pelo menos um metro, não tentando se aproximar de ninguém, tendo a vítima se aproximado por não ver a faca e, sem que Leonardo a visse, lesionou-a. Nesse momento, o agressor viu os ferimentos e fugiu após ter sido golpeado algumas vezes e deixado a faca cair.

O DESFECHO

Iniciados os debates com a fala do Promotor de Justiça, que fez justas homenagens à Juíza Presidente, tendo cumprimentado a defesa e ressaltado a importância da mesma para elucidação dos fatos e produção das provas, narrou os fatos desde a denúncia, mostrando as razões pelas quais entendeu diferente do doutor delegado de polícia, visto que se tratava de um erro de execução, e não de um crime qualificado pelo feminicídio.

Narrou que, inicialmente, entendia que havia qualificadora pelo motivo fútil, mas que estava convencido, pela audiência sumária, que isso não estava provado. No plenário, solicitou a desclassificação do crime de homicídio para lesão corporal, aderindo o pedido da defesa desde a fase derradeira, mas, por entender ser o júri popular competente, somente naquele momento atendeu ao pedido e entregou aos juízes da causa o poder de decidir.

Considerando as palavras do Promotor de Justiça, iniciei os debates agradecendo, mais uma vez, por sua postura ímpar na condução da acusação. Ter Promotores que servem à justiça e não, à vingança estatal, enobrece o Ministério Público e garante à sociedade uma persecução justa e garantidora da lei. Justiça é forma, e as regras do jogo precisam ser respeitadas pelas partes.

Passadas as considerações, de igual modo a acusação, esmiucei as provas dos autos e trouxe ênfase à vida pregressa do acusado, contando sua história desde a infância aos dias atuais. Das vezes que buscou sua mãe, alcoolizada, nos bares da cidade em um carrinho de mão, e da sua saída da escola para assumir o papel de patriarca da sua casa, onde mesmo sendo o mais novo dos irmãos, era o único homem e precisava trabalhar para dar sustendo à sua família.

Ao fim, foi requerido não só a desclassificação para lesão corporal por falta de *animus necandi*, mas, principalmente, a absolvição por clemência, uma vez que a própria vítima perdoou o acusado e não queria sua condenação, não podendo o Estado sobrepor aos interesses da vítima, sendo desnecessária uma punição a alguém que não representa qualquer risco à sociedade, que errou em decorrência da doença do alcoolismo e merecia uma segunda chance.

Sabidamente, foi usado mais do tempo para defender a desclassificação, tendo em vista que, de forma estratégica, também garantiria a absolvição. Ou seja, uma condenação por lesão corporal, diante do depoimento de Mariana Neli, que respondeu ter perdoado o agressor, causaria extinção da punibilidade pela renúncia da vítima.

Assim se encerrou o debate e, questionados os jurados, foi respondido:

QUESITOS SUBMETIDOS À APRECIAÇÃO DO CONSELHO DE SENTENÇA

(Artigo 121, *caput*, c/c artigo 14, inciso II, do Código Penal).

1. No dia no dia 13 de março de 2022, por volta das 18h00, em via pública, na rua M, loteamento Jardim Valéria, bairro Campinhos, ▬▬▬▬▬▬▬▬ nesta cidade, a vítima MA▬▬▬▬▬▬▬▬▬▬▬▬▬▬ sofreu golpe de faca, o qual causou as lesões descritas no Laudo de Exame Pericial do ID n° 190383511, fls. 08/09?

RESPOSTA: SIM, POR MAIORIA DOS VOTOS

2. O acusado L▬▬▬▬▬▬▬▬▬▬▬▬▬▬▬ingiu a vítima MA▬▬▬▬▬▬▬▬▬▬▬▬▬▬▬▬, com golpe de faca, causando as lesões acima descritas?

RESPOSTA: SIM, POR MAIORIA DOS VOTOS

3. Assim agindo, o Réu quis o resultado morte ou assumiu o risco de produzi-lo, o qual não se consumou por circunstâncias alheias à sua vontade?

RESPOSTA: NÃO, POR MAIORIA DOS VOTOS

4. O jurado absolve o acusado?

PREJUDICADO

Assim, foi expedida a sentença:

por quesito, procedia a sua votação, cada um por si, sendo o resultado em termo especial. Finda a votação, a Doutora Juíza tornou pública a sessão juntamente com o Doutor Promotor, a Defesa, o Conselho de Sentença, Estagiários, e os Oficiais de Justiça. Lavrou-se a sentença, cuja leitura fez-se em voz alta, tendo sido o réu L██████████████████ ABSOLVIDO, em **razão da causa extintiva da punibilidade prevista no art. 107, V do CP.** Todos se declararam cientes da sentença. Em seguida pela ordem foi concedida a palavra às partes para manifestarem sobre o desejo de recorrer da sentença, ao que disseram que NÃO. Certifico e dou fé, que durante o julgamento do processo crime em que é autora a Justiça Pública e o réu L██████████████ ████████ não houve comunicação alguma dos jurados, entre si, quer na votação, como também nas interrupções, estando presente a Doutora Juíza Presidente do Tribunal do Júri. Estiveram presentes a esta Sessão os estudantes:

Para os amantes do júri, bem provável que tenham notado que o quesito obrigatório da absolvição foi tido como "PREJUDICADO". Isso se deu devido a Juíza Presidente entender que, ao ser votado pela desclassificação, é retirada de imediato a competência do júri, passando a ser do juiz togado. Aqui, caso não houvesse obtido o resultado de absolvição, aos olhos da defesa, seria caso de recurso para anulação do pleito por cerceamento de defesa, uma vez que a clemência do quesito obrigatório não foi submetida à votação, incorrendo em nulidade na assentada, que era a tese principal da defesa.

Ou seja, somente a tese de desclassificação foi submetida e acolhida, não oportunizando aos jurados que julgassem quanto à absolvição direta do quesito obrigatório. No entanto, essa condição não representou prejuízo à defesa, dado que, ao desclassificar para crime brando — que depende de representação da vítima —, a vítima renunciou de representar, absolvendo Leonardo.

Por último, agora realmente findado este capítulo triste com um recomeço, Leonardo saiu daquele plenário de cabeça erguida e com sua família unida. Passado pouco mais de um ano, ainda em tratamento contra o alcoolismo, tenho notícias dele pelas redes sociais, nas quais faz postagens no trabalho e na igreja, ou mesmo pelas mensagens que manda vez e outra, perguntando como as coisas estão e falando da sua gratidão eterna por tudo que fizemos por ele — mal sabe que a minha dívida com ele é muito maior.

Obrigado, Leonardo, você e sua família me ensinaram muito. Reconstruíram a minha fé em meio ao deserto e mostraram, mais uma vez, que o perdão deve ser dado a todos aqueles arrependidos que buscam pelo recomeço.

CAPÍTULO IV

Amigos: até que a morte nos separe

O ano era 2022, num dia chuvoso, em um campo de futebol no interior do sertão baiano. Na maioria das cidades de interior, os "babas" (jogos de futebol) de fim de semana são eventos quase que sagrados, pelo quanto são levados a sério, mas aquele teria um rumo diferente de todos os outros.

A vida de David e Marcos, dois amigos, estaria prestes a enfrentar uma grande fatalidade. David, nosso patrocinado, chegou a um bar na beira do campo e passou a conversar com Diego, também seu amigo, tendo como assunto o pneu da moto que era "birrado" (off-road). Ao fim da conversa, David acelerou a moto de forma a girar a roda e jogar lama em Diego e sua moto que estava estacionada.

Em seguida, David saiu do local e foi em direção a outro bar na localidade. Ao sair, percebeu que sua moto fora jogada ao chão, fazendo com que questionasse o proprietário do espaço sobre quem teria feito aquilo, descobrindo ter sido Diego.

David, então, foi à procura de Diego para tirar satisfação, pois, segundo ele, sua moto era de trabalho e teria quebrado ao ser arremessada no chão. Ao encontrar Diego, David estava muito nervoso e começou a discutir com o amigo. Em seguida, foi acalmado por Diego, que afirmou que pagaria o que houvesse quebrado e que fez aquilo por não ter gostado da brincadeira de mal gosto de David, que arremessou lama nele.

Nesse momento, aparece um novo personagem nesta história, Marcos, que tinha acabado de sair de uma partida com Diego, na qual perderam e foram eliminados do campeonato, o que deixou os ânimos bem alterados.

Após a situação ter sido resolvida, Marcos surge em meio a conversa e brada: "Se fosse eu, desde lá de baixo, teria mostrado como homem resolve", de forma calorosa, na tentativa de reviver a confusão, tendo sido imediatamente combatido por David que gritou: "Cala a boca".

Nesse momento, Marcos se sentiu ofendido e partiu para cima de David, empurrando-o e proferindo xingamentos do tipo "Você é um merda". Logo eles foram afastados um do outro para evitar uma briga. Diego, mais uma vez, de forma pacífica, buscou harmonizar o episódio.

Para a acusação, Marcos estava tentando apartar a confusão e David se irritou, levando a golpeá-lo sem lhe dar chance nenhuma de defesa e, por isso, deveria ser condenado pelo homicídio qualificado. Narrou então a denúncia:

(artigo 41 do CPP), perante Vossa Excelência, com fulcro no Auto de Prisão em Flagrante em epígrafe, deflagrar Ação Penal Pública, com o oferecimento de **DENÚNCIA** em desfavor de:

D████████████████████A, brasileiro, nas████████████████████, ██████████████████████████████████, portador do CPF nº ████████████, residente e domiciliado no Povoado do Capinado, zona rural do Município de Anagé/BA, CEP 45180-000;

Pela prática dos fatos delituosos descritos e classificados (artigo 41 do CPP) a seguir.

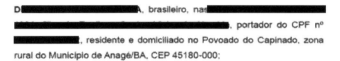

Consta do incluso Auto de Prisão em Flagrante que, no dia 19 de novembro de 2022, por volta das 19 horas, no Povoado do Capinado, zona rural do Município de Anagé/BA, D████ V████████████████, com *animus necandi*, matou, por motivo torpe, M█████████████████████, mediante a utilização de uma chave de fenda. Foi constatado, ademais, que o denunciado possuía arma de fogo de uso permitido, em desacordo com determinação legal ou regulamentar, no interior de sua residência.

Conforme restou apurado, nas circunstâncias de tempo e local supramencionadas, houve uma divergência entre o acusado e D████████████████. Segundo populares, o denunciado acelerou propositalmente a sua motocicleta e jogou lama na motocicleta de DIEGO. Logo em seguida, ele derrubou a motocicleta do denunciado.

O autor dos fatos, assim, foi ao bar próximo ao campo de futebol e retornou logo após, se envolvendo novamente em conflito com D████, momento em que a vítima chegou para separar a briga.

A tentativa de pacificação irritou o denunciado, que atingiu intencionalmente o tórax de M██████, utilizando para tal uma arma branca (chave de fenda). Após o golpe, D███ e D███ evadiram do local, cada um com sua motocicleta.

Durante a prestação dos primeiros socorros, na ambulância do Povoado do Capinado, a vítima não resistiu ao ferimento supramencionado e faleceu antes de chegar ao hospital de Anagé/BA.

Em diligência, uma guarnição da Polícia Militar cercou o imóvel do acusado e o chamou, o qual obedeceu à ordem e, sem oferecer resistência, se entregou. Na oportunidade, de livre e espontânea vontade, confessou o crime.

Marcos, que estava bem nervoso e, possivelmente, com seu estado psíquico alterado pelo consumo de álcool, continuou a ofender David, tendo se desvencilhado de Diego que o segurava e partido novamente em direção a David. Assim, apontou para uma chave de fenda que estava em sua cintura, questionando *"O que você vai fazer com essa porqueirinha?"*, momento em que David o empurrou e se afastou do agressor.

Ao sair, visualizou que Marcos pegou uma madeira que estava no chão para ir em sua direção, mas que caiu, logo em seguida. Foi então, que todos que ali estavam se dirigiram até ele para saber o que havia acontecido, sem entender por qual motivo teria caído, uma vez que o empurrão não se mostrava justificável.

Todos que estavam ajudando a pacificar os ânimos eram amigos de ambos e, ao se aproximarem de Marcos, viram um pequeno furo em meio ao seu tórax, o que os levaram a acreditar que Marcos teria sido furado, mas sem visualizarem a presença de sangue. Essa situação ocorreu por volta das 17h30min, tendo os populares ido em busca de socorro e chegado ao hospital daquela cidade por volta das 19h. Marcos faleceu no caminho.

Um pouco mais tarde, naquele mesmo dia, David retornou ao campo e teve a notícia do falecimento de Marcos, fazendo com que voltasse para sua casa e tomasse destino não sabido.

A PRISÃO EM SUPOSTO FLAGRANTE

No dia seguinte, David pediu sua esposa para ligar para a Polícia Militar, relatando que estava em sua casa e que iria se apresentar. Ainda sem acreditar, foi questionado se realmente faria isso, pois a viatura não poderia se deslocar até lá em vão.

Assim foi feito. Os policiais foram em sua casa e o apresentaram à autoridade policial, mesmo não deslumbrando a figura do flagrante, posto que foi no dia seguinte ao ocorrido e que não havia a presença da perseguição ou algo do tipo que justificasse a flagrância como apregoa a legislação.

Ainda assim, foi dada voz de prisão, ratificada e convertida em custódia para preventiva, tendo ficado David durante toda a instrução cautelarmente preso, perdurando por quase 2 anos até a decisão de pronúncia, que foi confirmada pelo tribunal, deixando o destino de David nas mãos dos jurados.

Preparação para o júri

Todo o processo foi conduzido por um colega criminalista, que nunca antes havia ido a plenário. Também não nos conhecíamos, mas a magia do júri fez com que nossos destinos se cruzassem e, por intermédio de uma advogada amiga, passei a reforçar a banca de defesa nas vésperas da sessão de julgamento.

Quando digo "vésperas", não é exagero. Assumi o processo na segunda-feira, à tarde, para o plenário que seria realizado na quarta-feira, na cidade vizinha de Anagé/BA. Passei, então, a buscar pelas informações contidas nos autos que pudessem nos ajudar e, após reunião com o timoneiro da defesa e mais três advogados, encontramos possíveis teses que nos ajudariam a decifrar o enigma.

Quem vai a plenário guarda poucas certezas, uma delas é de que as coisas podem mudar rapidamente, e o advogado tem que estar pronto para trazer uma tese diferente daquela inicialmente pensada. Existiam as possibilidades de desclassificação do crime de homicídio qualificado para lesão corporal seguida de morte; homicídio privilegiado; ou mesmo, uma legítima defesa, caso a busca fosse pela absolvição.

Havia boas provas a serem exploradas, principalmente para uma desclassificação, que, a meu ver, seria a tese mais segura para se consolidar perante o grande júri. No entanto, era uma situação atípica e, como outras já vivenciadas, sabia que a clemência poderia ser dada àquele que por ela, verdadeiramente, suplicasse.

O LAUDO DE NECRÓPSIA

O laudo de necrópsia apontava incisão no meio do tórax que atingiu região cardíaca, havendo uma hemorragia interna que o levou a morte. No entanto, apesar de narradas as lesões, não havia fotos ou mesmo apontamentos em desenhos do local exato, o que gerou inconsistências.

6. CONCLUSÃO

E como nada mais havia digno de nota, deu o perito por findo o presente exame, concluindo que esta vítima faleceu de tamponamento pericárdico (hemopericárdio) devido a perfuração cardíaca por instrumento perfurante.

7. RESPOSTAS AOS QUESITOS

1º. Tamponamento pericárdico (hemopericárdio). 2º. Perfurante. 3º. Não.

E, para constar, foi exarado o presente laudo que segue devidamente assinado pelo perito.

Vitória da Conquista, 20 de novembro de 2022.

De logo, fui ao rol das testemunhas identificar quais eram as invocadas pelo parquet para estar em plenário, imaginando que pudesse ter arrolado o médico legista para prestar esclarecimentos acerca do laudo por ele produzido e, assim, robustecer as provas quanto à arma do crime usada e o local exato atingido.

Antes mesmo de alcançar o rol, já imaginei algumas inconsistências que poderiam ser apontadas, por exemplo, em relação à hemorragia. Sabia que os fatos aconteceram na zona rural e que o tempo entre a chegada do socorro e o atendimento médico havia levado pelo menos uma hora. Assim, imaginei que tanto tempo de espera pudesse ter, pelo menos, corroborado para a morte, o que poderia ser suscitado como tese de defesa.

Ao analisar as testemunhas, percebi que nenhuma delas era o médico legista. Contudo, os argumentos defensivos quanto a demora para o socorro se mostravam viris para combater a acusação de um crime doloso contra a vida.

Lembro também que, nas vésperas do júri, aportou aos autos, juntado pelo Ministério Público, laudo estranho ao caso, apontando fotos cadavéricas, pertencente a alguém homônimo, mas que havia falecido em decorrência de arma de fogo.

De início, passamos a suspeitar que seria usado em plenário, mas já conhecendo a capacidade do Promotor que faria a acusação, sabia que não cometeria um erro tão primário ou usaria de um artifício tão vil. E assim não fez, restando tão somente um laudo simples que constatava a morte por "tamponamento pericárdio (hemopericárdio) devido a perfuração cardíaca por instrumento perfurante", não podendo precisar se qualquer instrumento teria sido usado ou mesmo maiores detalhes, como profundidade e extensão da lesão.

Imaginava-se que o instrumento que ocasionou a lesão se tratava de uma chave de fenda, pois o acusado, ao prestar interrogatório na delegacia, assim afirmou. Entretanto, a materialização do objeto por meio do laudo seria impossível, frente a falta de informações mínimas.

CHEGOU O GRANDE DIA

Como passei a compor a mesa defensiva na véspera, não tinha tido a oportunidade de conhecer e conversar com David. Tudo que sabia sobre ele foi alcançado pela leitura processual e relatado pelos demais advogados que o conheciam.

Quando a escolta policial chegou, imediatamente nos deslocamos até à cela para levar suas vestes civis e conversar. Precisava ouvir da boca dele tudo que havia acontecido e, naquele pouco tempo que me restava, conhecer o homem que eu iria defender. Acabei por me deparar exatamente com as ressaltadas características que haviam me apresentado:

homem pacato, simples, de baixa escolaridade e que, na maior parte do tempo, com fala e cabeça baixas.

Perguntei dos fatos e ele narrou exatamente o que havia acontecido. Questionei-lhe também quanto à sua família, e vi na pergunta uma resposta sensível e carregada de emoções. Percebi o arrependimento sincero para sustentar a clemência.

As testemunhas em plenário

Eram basicamente duas testemunhas oculares, Diego — com quem David havia começado a discussão — e outro, que ajudou a separar a confusão entre David e Marcos. Ambos eram amigos tanto do acusado quanto da vítima e estavam receosos em depor, por se tratar de cidade pequena e conhecerem todos os familiares, temendo serem mal compreendidos.

Diego, que inicialmente havia discutido com David, relatou que tudo se deu quando o acusado lançou lama em sua moto ao acelerá-la propositalmente, gerando a discussão, mas que foi algo sem maiores proporções, sem xingamentos ou contato físico.

Em instantes, tudo foi pacificado, no entanto, Marcos — que vinha do campo de futebol — começou a falar "que se fosse ele, já teria brigado, desde lá de baixo", referindo-se ao primeiro momento em que a lama foi jogada, sendo respondido por David como um "cala a boca". Os ânimos estavam alterados, sobretudo porque Marcos havia acabado de sair do campo de futebol após perder a partida e ser desclassificado do campeonato.

Questionei as testemunhas em qual tom as palavras foram ditas e ambas disseram que David falou de forma a pôr fim a situação, até porque Marcos em nada se relacionava na situação, intrometendo-se e reacendendo uma discussão já terminada.

Até então, não tinha muita certeza quanto à aplicação da legítima defesa, mas, ao inquirir, pude perceber que, além dos xingamentos, Marcos empurrou David logo após ter sido mandado calar a boca. Diego e João separaram e afastaram os dois, porém, em seguida, Marcos partiu para cima de David, que o empurrou. Logo após, Marcos pegou uma madeira e foi ao encontro, novamente, de David, caindo no meio do caminho. Inicialmente, não se sabia o motivo da queda, entretanto, em seguida, viu-se que estava furado.

Nenhuma das testemunhas, mesmo presentes, viram o momento em que David desferiu o golpe com a chave, ficando surpresas e incrédulas, pois se tratava de um orifício muito pequeno e que não saia sangue.

O INTERROGATÓRIO: ONDE AS PALAVRAS TRANSBORDARAM PELOS OLHOS

Após a qualificação do acusado, a ele foi certificado do seu direito de silêncio, sem que dele fosse extraído qualquer prejuízo. Assim, foi direcionada a palavra para o Promotor de Justiça e arguido pela defesa questão de ordem, para informar ao juízo que a defesa técnica orientou o interrogado a somente responder às perguntas da defesa e dos jurados — como em regra sempre faço nos interrogatórios.

De pronto, foi impugnado pelo Promotor, que destacou um recente, porém minoritário, entendimento do STF, afirmando que o silêncio parcial violaria a paridade de armas. Logo, ressaltamos que os estudiosos explicam que, quem pode muito, também pode pouco, e é o interrogatório o momento de autodefesa. Não pode o Ministério Público comparar o interrogado com as testemunhas, até porque nem mesmo tem o dever de verdade, estando ali para se defender.

Após alguns minutos de argumentação entre as partes, tendo sido sugerido pelo juiz presidente que destacasse em ata para que pudesse apreciar, houve a desistência da impugnação por parte do Ministério Público, concordando que o silêncio parcial fosse aplicado.

Iniciadas as perguntas, David esclareceu que o início de tudo se deu após uma brincadeira de mal gosto dele com Diego. Afirmou que ele teria arremessado lama na moto, o que fez Diego se chatear e, em seguida, empurrar a moto dele quando estava dentro do bar. Foi então, que, ao perceber o estado da moto, deixou sua bolsa de ferramentas, já que estava vindo de um serviço em uma torre de internet, ficando somente com o cinto de chaves usadas no trabalho, e se dirigiu até Diego, para tirar satisfação acerca do ocorrido, manifestando seu descontentamento com a retaliação da brincadeira feita, o que rapidamente foi pacificado. Relatou que Diego é seu amigo há quase 10 anos e que sempre faziam brincadeiras, inclusive, que cortava o cabelo de Diego e nunca se desentenderam.

Quando falou de Marcos, disse que igualmente o conhecia há quase dez anos, que também cortava o cabelo dele e que nunca antes tinham se desentendido, mas, que naquele dia, mesmo após ter resolvido a situação com Diego, Marcos passou a instigar gritando que: "Se fosse comigo já teria brigado desde lá de baixo".

Nesse momento, o interrogado mandou que ele calasse a boca, pois não tinha que se intrometer no meio da conversa dos dois que já tinha sido resolvida, o que gerou uma nova confusão.

No primeiro momento, foram apartados, tendo Diego puxado Marcos para um lado e Fernando e João puxado David para o outro, e encerrado o princípio de briga. No entanto, Marcos se desgarrou e, em uma distância de poucos metros, foi em direção a David, apontando para uma chave de fenda que estava em sua cintura, como fosse pegá-la para lhe ferir, tendo o mesmo sacado antes, quando Marcos já estava quase alcançando, razão pela qual o empurrou.

Relata que foi instintivo, pois, naquele momento, sequer havia pensado ou mesmo visto que a chave havia atingido Marcos, já que não sangrou nem nada do tipo. David declarou que, após ter corrido de Marcos, percebeu que ele foi pegar um pedaço de madeira e, novamente, andou na direção dele, caindo no meio do caminho.

Até aquele instante, ninguém tinha entendido o motivo da queda, uma vez que ninguém havia percebido que David havia acertado Marcos com a chave. Isso só foi percebido quando foram ajudar Marcos e viram em seu peito uma pequena entrada que, segundo Fernando, era do tamanho de uma unha, mas que não sangrava, portanto, não imaginavam ser algo sério.

David, então, foi para sua casa, voltando ao local algumas horas depois e recebido a notícia que Marcos havia falecido, antes mesmo de chegar ao hospital. Desesperado, retornou para sua casa, pegou algumas roupas e foi para o mato. Contudo, retornou no dia seguinte e pediu para que sua "senhora" ligasse para a Polícia Militar, pois ele estava esperando para se entregar.

Os policiais sequer acreditaram no relato e pediram para confirmar se realmente David faria isso, pois não poderiam gastar gasolina da viatura indo até lá se ele, de fato, não fosse se entregar. Confirmado por ele, os agentes foram até o Povoado e o apresentaram na delegacia.

Foi dada voz de prisão em flagrante, o que, a meu ver, foi ilegal, uma vez que não cumpria os requisitos legais. Em seguida, a prisão foi convertida em preventiva que já estava a alcançar quase dois anos.

Quando questionado se ele queria matar Marcos, as lágrimas daquele sertanejo forte e de pouca escolaridade vieram a transbordar dos olhos e, em meio a uma negativa, a resposta, afirmando: "Eu nunca queria fazer aquilo, eu só queria afastar dele". Confesso que, olhando no fundo dos seus olhos ao lhe inquirir, também me faltaram palavras, principalmente, quando eu o questionei acerca de sua família, já que era o único provedor do seu lar.

"*Lá em casa quem sustentava era eu, agora é uma Bolsa Família para duas crianças que não dá para nada. Um dia eu estava no presídio, minha senhora chegou falando que na janta só tinha um miojo para as duas meninas comer. Que tinha que dividir para duas crianças, e aquilo cortou meu coração mais ainda porque eu não tô mais presente para cuidar delas...*"

E mais uma vez, as palavras foram afogadas pelas lágrimas sinceras de um sertanejo arrependido.

Ele não conseguia mais responder minhas perguntas e eu não conseguia mais fazê-las. As lágrimas dele transbordaram dos olhos, e as minhas, o meu coração. Naquele momento, havia um silêncio ensurdecedor em meio a um plenário lotado, mas que, naquele instante, parecia que só havia nós dois.

Precisava me recompor e recuperar rapidamente as minhas faculdades, pois aquele homem dependia de mim para contar sua história. Eu não poderia sair dali sem dar meu melhor, sem mostrar aos jurados que aquele homem precisava voltar para casa e cuidar da sua família.

Foi então, que agradeci ao juiz presidente e encerrei as perguntas. Levei um copo com água ao centro do plenário onde David estava ainda sentado de cabeça baixa, pedi que se levantasse e o conduzi ao seu acento, ao lado de sua defesa.

INICIADOS OS DEBATES

A ACUSAÇÃO

Como imaginava, por se tratar de um Promotor de Justiça eloquente e respeitoso, foi feita uma sustentação completamente atida aos autos, sem nenhum dos costumeiros estratagemas ardilosos frequentes no júri. Foram narrados todos os fatos, desde o seu nascedouro, esmiuçando as provas documentais e as produzidas em plenário.

Em especial, destacou, por inúmeras vezes, o local atingido pelo golpe. A todo momento, o ilustre afirmava que Marcos havia sido apunhalado em seu coração.

O Promotor sustentou a acusação de homicídio, afirmando que Marcos era um terceiro de boa-fé, que tentava apaziguar a situação, e que David teria ficado furioso e, intencionalmente, fazendo uso de uma chave de fenda, agrediu a vítima, buscando sua morte, ou mesmo, assumindo o risco dela, já que o atingiu em região vital, invocando o dolo eventual para justificar a imputação mais gravosa.

Durante toda a sua sustentação, ressaltava que se tratava do crime de homicídio, pois tinha sido golpeado em seu coração. Ainda se fazendo dos mesmos argumentos e, na tentativa de antever as teses defensivas, esclareceu que, diante disso, não era possível o acolhimento da tese de legítima defesa.

Afirmou, também, que se tratava de uma fatalidade, de algo que não precisava ter terminado daquela forma, e que assim terminou, porque David, enfurecido, não gostou de ter sido interpelado por Marcos, que tentava pacificar os ânimos. Ao fim, pediu o decote da qualificadora, mas que os jurados o condenassem David por homicídio.

COM A PALAVRA, A DEFESA

A defesa foi iniciada pelo advogado timoneiro que acompanhou todo o processo e que pisava no plenário pela primeira vez, brindando-nos com a profundida daquele caso, esmiuçando cada ponto e prova aportada aos autos. De igual modo, foi apontado pelo seu sucessor que, com precisão, esclareceu as provas dos autos, ressaltando que não havia *animus necandi* de David em matar Marcos, passando a apresentar a tese defensiva que poderia levar à desclassificação para lesão corporal seguida de morte ou absolvição.

Após os nobres colegas, lancei-me rapidamente ao centro do plenário para explorar cada preciso minuto e, em pouco mais de 40min, da 1 hora e 30 minutos cabida à defesa, busquei que os jurados sentissem que aquele julgamento não era como os que corriqueiramente aconteciam ali.

Lembro de ter ressaltado a produção de provas em plenário, onde o próprio Diego, com quem David iniciou a discussão, esteve perante os jurados para dizer que David é um homem íntegro, trabalhador e que nunca se envolveu em nenhuma situação parecida.

Ali eu não poderia deixar de ressaltar que nunca antes eu havia feito a defesa de um acusado imaculado em seus antecedentes. David tinha lisura não só em sua ficha policial, mas entre seus pares que conviviam com ele em sociedade. Como poderia se fazer justiça afastando aquele homem da sociedade?

Era claro que ele não almejava o resultado morte. Não havia motivação, até então não se sabia de um único episódio de fúria semelhante envolvendo David. Segundo uma das testemunhas que foi ali ouvida, ele tinha fama de "covarde" e, quando interpelada por qual motivo, afirmou que David corria de toda e qualquer confusão e não tinha voz para nada. Tudo se encaixava e era justamente aquele homem de voz mansa e baixa que estava perante os jurados.

Nenhuma das testemunhas viu David se armando para atacar Marcos, sequer viram o golpe. O que relataram foi que Marcos iniciou a provocação e, quando retalhado verbalmente, partiu por duas vezes para cima de David, vindo acontecer a fatalidade na segunda, quando foi atingido, não em seu coração, mas em uma veia cardíaca, ocasionando hemorragia interna. Afirmei, também, que a acusação se fazia da assertiva do golpe no coração para dar gravidade e personalidade da qual não condizia com os fatos ou mesmo com o agente que ali se sentava para ser julgado.

Neste momento, surgiu um aparte ministerial que apontava laudo pericial, no qual, segundo o ilustre Promotor, Marcos foi atingido em seu coração. Ao me ser devolvida a palavra, explicamos aos jurados que não se tratava de golpe no coração, mas sim, em região cardíaca que dá acesso ao coração. Ao fim, expliquei que nem se o acusado tivesse perícia, conseguiria atingir alguém propositalmente naquela região vital tão pequena, já que Marcos veio rapidamente em sua direção, abordando-o de surpresa, e era um ambiente de extrema descarga de adrenalina. Como acertar, meticulosamente, com uma chave de fenda, uma artéria de alguém, diante dessa situação?

Assim, finalizei demonstrando a presença da excludente de ilicitude da legítima defesa, bem como a necessidade de absolvição pela clemência, já que tamanha fatalidade tinha custado a vida de Marcos e a liberdade de David, que estava preso há quase dois anos. Ao primeiro, não poderíamos devolver a vida, mas ao segundo poderíamos devolver a sociedade, para que pudesse reconstituir sua família e viver harmonicamente em sociedade, pois era um homem íntegro e merecedor do perdão.

Após minha sustentação, no arremate final e com grande maestria, a defesa seguiu esmiuçando as provas, dando luz às contradições acusatórias, e conclamou pelo acolhimento das teses defensivas de absolvição, ou mesmo, desclassificação para lesão corporal seguida de morte, já que, mesmo assumindo o risco, não detinha o controle do fato para incorrer em dolo eventual, como dissertou a acusação, razão pela qual a desclassificação seria mais adequada aos fatos em caso de condenação.

Era perceptível que os olhares dos jurados mudaram após o interrogatório de David, gerando um equilíbrio entre as partes. Contudo, ambas as sustentações, tanto da acusação quanto da defesa, foram precisamente acompanhadas pelos jurados.

ENCERRADOS OS DEBATES: RESULTADO FINAL

Não era uma tarefa fácil e, naquele momento, estavam todos apreensivos sobre qual seria o resultado. Mesmo confiante de termos feito uma digna defesa, sabia que seria um resultado apertado. Absolver ou condenar um homem não é tarefa fácil, mas se tratando de alguém confesso, demonstrar que a justiça se faz com a absolvição é uma tarefa ainda mais complexa.

Em sala secreta, o digno juiz presidente passou a explicar como funcionava a votação, tendo, em seguida, iniciado com a materialidade e autoria, que tanto o Ministério Público quanto a defesa conclamavam pelo "sim". Por maioria de votos, assim foi decidido.

Em seguida, tratou-se do quesito obrigatório de absolvição. Ou seja, tanto o pedido de absolvição pela clemência quanto legítima defesa ali seriam decididos. De voto em voto, vez sim, vez não, por maioria dos jurados, a tese defensiva foi acolhida, absolvendo David que, até então, estava preso, mas voltaria para sua família.

QUESITOS

Primeira série de quesitos D██████████████:

1) No dia 19 de novembro de 2022, por volta das 19 horas, no Povoado do Capinado, zona rural do Município de Anagé/BA, a vítima M████████████████ foi morta? (materialidade)

   SIM, por maioria de 04 votos.

2) O acusado, D██████████████DA, qualificado nos autos, foi responsável pela lesão contra a vítima M████████████████ que resultou na sua morte? (AUTORIA)

   SIM, por maioria de 04 votos.

3) O jurado absolve o acusado?

   SIM, por maioria de 04 votos.

Ele ainda não sabia, mas, em meio a uma comemoração ainda discreta, visualizei o timoneiro daquele processo, que estava em seu primeiro júri, aos prantos, chorando de felicidade.

Desfeita a sala secreta, todos retornaram ao plenário e David se posicionou ao nosso lado, bastante apreensivo por ver seu advogado chorando, mas ainda sem saber do resultado. Queríamos que ele ouvisse o resultado ao ser lida a sentença, e assim foi feito.

Os advogados de defesa técnica do acusado, por outro lado, pugnaram pela absolvição do réu sob o argumento que este agiu em legítima defesa em face da injusta agressão ou pelo perdão/clemência, e ainda sustentaram a desclassificação do delito para lesão corporal seguida de morte, previsto no art. 129, § 3º do CP, que é considerado um delito preterdoloso.

Os quesitos foram submetidos ao Juiz Constitucional da causa.

Desse modo, o Juiz Constitucional da causa julgou improcedente a pretensão punitiva estatal.

Assim, em obediência à soberania dos veredictos do Tribunal do Júri, DECLARO o acusado, D████████████████████, ABSOLVIDO das imputações que lhe foram feitas, nos termos do artigo 386, V, do CPP.

Nos termos do artigo 386, parágrafo único, inciso II, do CPP, determino a cessação de eventuais medidas cautelares e provisoriamente aplicadas, bem como a soltura do réu.

Sem custas processuais.

Publicada nesta assentada de julgamento do Tribunal do Júri da Comarca de Anagé-BA, dou os presentes por intimados.

A emoção daquele momento é algo que não pode ser traduzido em palavras. Ver aquele sertanejo forte, de vida difícil, desaguar em choro ao me abraçar, agradecendo em soluços, é uma das emoções mais genuínas que já senti. Mais uma vez, graças ao bom Deus e ao trabalho da banca de defesa, fomos usados como instrumento de justiça ao alcançar não só a absolvição daquele homem, mas a restauração da sua família.

Por mais que acabara de ser absolvido, ainda estava a ser conduzido pelos agentes de segurança ao presídio, para que o alvará de soltura fosse cumprido. No entanto, solicitamos ao juiz presidente — que prontamente nos atendeu — que a família de David pudesse se aproximar.

Aquele abraço coletivo dele com sua esposa e suas duas filhas é a cena que ficou gravada em minha mente e, certamente, dela não sairá, para, até nos meus piores dias, manter-me firme, de pé, na certeza de estar cumprindo meu chamado.

CAPÍTULO V

BANDIDO DE NOME E SOBRENOME

Conheci a história de Levi no ano de 2021, por meio de alguns familiares que relataram sua história. Nos autos, descobri que já havia sido pronunciado, mas, apesar de estar preso desde o ano de 2018 (pouco mais de 3 anos preso preventivamente), ainda não tinha sido levado a julgamento pelo júri popular.

De cara, imaginei que se tratava de alguém com antecedentes e fortes indícios de autoria, uma vez que tamanho lapso temporal se mostrava excessivo e sua razoabilidade ocorreria somente em situação extrema. Não diferente, ao examinar a denúncia, vi que se tratava de uma acusação gravíssima de duplo homicídio qualificado, em concurso de agentes e que teria sido ordenado por um grupo criminoso organizado.

Em alguns trechos extraídos da denúncia, foi dito:

I – Consta dos autos do inquérito policial de n° ███████ **98.2018.8.05.0079** que todos os denunciados são integrantes da organização criminosa denominada "Primeiro Comando de Eunápolis" ("PCE"), a qual vem atuando com o objetivo de estabelecer a sua dominância no tráfico de drogas ilícitas neste município de Eunápolis/BA e região, praticando, ainda, todos os tipos de crimes contra o patrimônio, bem como homicídios diversos, principalmente, dirigidos contra membros de outras facções criminosas, a exemplo do "Mercado do Povo Atitude" ("MPA") e "HDL" (homens da Lua).

Na madrugada do dia 25 de junho de 2018, os denunciados se encontravam no interior da boate *"HOUSE 775"*, localizada no Bairro Vivendas Costa Azul, neste município de Eunápolis/BA, na companhia de vários outros criminosos integrantes do "PCE", quando avistaram a pessoa de JOÃO V███████████████, ex-integrante do "PCE" e simpatizante da facção rival "MPA". Daí os três primeiros denunciados, juntamente com outros comparsas, passaram a agredir fisicamente JOÃO V███ por lhe considerarem *"traidor"*, *"alemão"* (gíria comum entre os bandidos, com significado de "inimigo"). Por sua vez, a vítima Y█████████ ██████████████, que estava na companhia de P████████████ ██████ por serem amigos, e simpatizantes da facção criminosa MPA – ao observar que J████████████████████estava sendo espancado por integrantes do "PCE", interviu buscando proteger aquele.

Após a intervenção acima, J███████████████████████, saiu da referida boate, e foi para a casa, enquanto o primeiro denunciado, T███ que trabalha no tráfico de drogas para o criminoso S███ ██████████████████ decidiu pela morte das vítimas Y███ e P██████████, recrutando os demais denunciados para participarem dos homicídios planejados. Assim, os denunciados W██████████ L████████ ████████ e N██████íram e ficaram de emboscada, esperando as vítimas Y███ e P███████████ saírem daquele estabelecimento comercial, para matá-las.

II – Por voltas da 4:00, as vítimas Y████████████████ ██████████ e P█████████████████████████ saíram da boate e quando andaram alguns metros, aproximando-se do autoposto de combustíveis "COLORADO", foram colhidos de surpresa pelos denunciados W█████████ e L████████████████s quais atiraram nas vítimas pelas costas, atingindo-as na região escapular (*vide* laudos necroscópico de fls. 74/77).

Com as vítimas caídas, e impossibilitadas de defesa, os denunciados W███████e L████S se aproximaram daquelas vítimas e, à queima roupa, desferiram outros tiros, visando a região craniana das vítimas (tiros de execução).

Para se aproximarem das vítimas, de surpresa, os denunciados W████████ e L█████████████N contaram com a participação da denunciada NAJLA, a qual os transportou até o local onde as vítimas se encontravam, conduzindo o automóvel FIAT/PUNTO ELX 1.4, de cor prata, placa ███████████(automóvel de propriedade da criminosa I██████████ ████████████, que é companheira do traficante de ███████ █████████████").

Após a consumação daqueles homicídios, a denunciada N████A deu fuga ao aos executores dos homicídios, W█████████ e L██████ D██████. Em seguida, para encobrir a sua atuação criminosa, a denunciada N██████ se dirigiu à Delegacia de Policia Civil da 23ª COORPIN/EUNÁPOLIS/BA e prestou a falsa declaração, no âmbito de ocorrência policial, no sentido de *"que o automóvel PUNTO que dirigia já teria sido roubado por 03 (três) individuos no momento dos homicídios"* (*vide* teor da falsa declaração as fls. 28/30).

Ali, percebi por qual motivo a prisão de Levi perdurava por tanto tempo e entendi que não seria uma missão fácil. Em situações assim, dificilmente, após pronunciado, conseguimos que o acusado responda o processo em liberdade. Ainda que as chances fossem pequenas, tinha que ir em sua busca.

Processualmente falando, o pedido de liberdade via *habeas corpus* serviria não só para conquistar uma possível liberdade, mas também, para que desse celeridade aos autos que estavam em situação de abandono. O processo tinha pluralidade de réus, tramitava com alguns deles preventivamente presos e outros em liberdade, situação que gerava complexidade e mora no deslinde, potencializadas pela falta de páginas do processo — sendo necessário ser chamado à ordem para melhor compreensão e juntada dos documentos ausentes.

Foi requerida, pela defesa, urgência quanto ao agendamento da sessão plenária, tanto para o juízo de piso, quanto ao Tribunal, via *habeas corpus* com pedido de reconhecimento da ilegalidade da prisão pelo excesso prazal. A essa altura, eu ainda não havia conhecido Levi pessoalmente, já que se encontrava custodiado na cidade de Eunápolis/BA, onde os fatos se deram.

Enquanto isso, passei a examinar cada detalhe processual e dos fatos, no intuito de entender tudo o que tinha acontecido e quais teses defensivas poderiam ser utilizadas no julgamento. Como de costume, após análise da denúncia, direcionei minha atenção aos depoimentos produzidos na delegacia. Logo, deparei-me com o interrogatório de uma corré que detinha o carro usado no crime:

PROXIMO A BOATE 775, respondeu QUE: a depoente pegou um carro emprestado de I████████████████████ para poder ir a uma festa na boate 775, no dia 24/06/2018; Que a depoente estava em um camarote (na boate 775) com várias pessoas e que não se recorda o nome de todas e que lá ficaram bebendo a noite toda; Que a depoente foi embora da festa por volta das 04h30min, e quando estava indo embora, no momento em que estava entrando em seu carro foi abordada por duas pessoas que também estavam na festa bebendo com o grupo da depoente e que essas duas pessoas obrigaram a interrogada a dirigir para eles; Que a depoente não conhecia aquelas pessoas, mas que após entrarem em seu carro escutou um chamando o outro de L███, vulgo "PELÚCIA", escutou ainda eles dizerem que a morte dos dois adolescentes tinha sido a mando de T█████████, funcionário de S█████ no tráfico de drogas; Que T█████████ também estava na festa e estava próximo ao local do crime, todavia não entrou no carro da depoente; Que tem condições de reconhecer os atiradores; Que não viu eles atirando em ninguém, mas que escutou o

Ainda quanto a Levi, relatou:

obrigada a dirigir o carro; Que a pessoa que estava no banco da frente do carro (reconhecido nesta delegacia como W███████), inclusive ele usava o mesmo boné da foto na boate e um capuz, depois que entrou no carro, passou a girar o tambor do revolver que ele portava, mas que não viu a arma que L████ usava, todavia, sabe que ele estava armado por ter escutado ele batendo a arma no banco do carro; Que acredita que L████ foi solto a uns 04 meses, mas não sabe o crime que ele respondeu; Que acha que W███████ jogou os cartuchos vazios para fora do carro; Que L████ e W███████ comentaram, dentro do carro, que a morte dos adolescentes teria ocorrido em razão de eles supostamente terem virado "alemães". Que eles comentavam ainda o modo que as vítimas tinham caído ao chão após os disparos, e um ficava se gabando para o outro que tinha acertado na cabeça da vítima; Que quando a depoente ainda

Aqui, pela primeira vez, o prenome "Levi" foi lançado ao caderno de investigação, juntamente com o vulgo "Pelúcia". Atentei-me ao fato de a interrogada afirmar ter condições de descrever quem eram os atiradores, então, passei a buscar no inquérito pelo reconhecimento de pessoas/fotografias, que apontassem Levi Darlan como sendo Levi Pelúcia.

Ao encontrar o referido reconhecimento que apontava Levi, percebi algo estranho:

RECONHECIMENTO FOTOGRÁFICO, nos moldes previstos nos artigos 226, 227 e 228 do Código de Processo Penal. Logo após, foram-lhe apresentadas 8 (oito) fotografias de pessoas com características semelhantes, lado a lado, da pessoa de W████████████████, *(qualificado nos autos – e presente na foto 5)*, havendo abaixo de cada uma das pessoas um número. Depois de observá-las atentamente, o reconhecedor apontou, com certeza e segurança, em meio aos presentes, o indivíduo da foto número **5** *como sendo um dos autores do fato criminoso*, cujas características coincidem com a descrição feita no início deste auto, havendo o reconhecedor afirmado que se trata da mesma pessoa que acompanhada de L████ abordaram a reconhecedora, permanecendo no banco da frente de seu veículo PUNTO, cor prata, em seguida saindo para atirar em duas pessoas no Posto Colorado no dia 25/06/2018. Nada mais havendo a ser registrado, mandou a autoridade policial encerrar

O reconhecido na verdade se tratava do corréu Wesley e não, de Levi, que continuava sem nenhum elemento de qualificação, como nome completo, fotografia ou mesmo características individuais que pudessem distingui-lo de outros indivíduos. Em novo reconhecimento, identificou a fotografia de outro corréu, de nome Tadeu, que, segundo ela, seria o mandante do crime.

T██████, *(qualificado nos autos – e presente na foto 3)*, havendo abaixo de cada uma das pessoas um número. Depois de observá-las atentamente, o reconhecedor apontou, com certeza e segurança, em meio aos presentes, o indivíduo da foto número **3** *como sendo um dos autores do fato criminoso*, cujas características coincidem com a descrição feita no início deste auto, havendo o reconhecedor afirmado que se trata da mesma pessoa que estava conversando com L███ e W██████, na porta da boate House no dia 25/06/2018, momentos antes de L███ e W██████ executarem dois rapazes no Posto Colorado. Nada mais havendo a ser registrado, mandou a autoridade

Mais uma vez, Levi continuava sem qualificação ou mesmo elementos que o individualizasse dos demais, o que representava uma grande lacuna na investigação. Assim, continuei a explorar os elementos policiais.

Foram ouvidos amigos e parentes das vítimas, na tentativa de descobrir qual teria sido a motivação e quem seriam os possíveis autores, no entanto, nada que pudesse construir liame entre os denunciados foi alcançado.

Do injusto pedido de prisão

Uma das maiores bizarrices jurídicas que já presenciei foi o pedido de prisão temporária escrito pela autoridade policial que, em seu corpo, requeria a supressão da liberdade dos indiciados. O que parecia ser algo corriqueiro, gerou estranheza quanto à qualificação de um deles: "Levi (vulgo "PELÚCIA").

Os Delegados de Polícia Civil ██████████████████ e RAPHAEL ████████████████o uso de suas atribuições constitucionais, previstas no Art. 144, §4º, com fundamento no Art. 1ª, incisos I, II e III, "a" e "l", da Lei 7.960/1989, vêm, **REPRESENTAR** pela

PRISÃO TEMPORÁRIA

dos autores W████████████████, T████████████████, N████████████████ e L████ (vulgo "PELÚCIA"), pelas razões a seguir expostas.

DO PEDIDO:

Por todo o exposto, estas Autoridades Policiais REPRESENTAM pela decretação das PRISÕES TEMPORÁRIAS dos autores, pelo **prazo de 30 (trinta) dias**, tendo em vista se tratar de crime hediondo (art. 2º, §4º, da Lei 8.072/1990).

Como pode ser requerida a prisão de alguém que não foi minimamente individualizado? Eu não sei. Se não tivesse visto com meus próprios olhos, diria que ninguém seria capaz de tamanha façanha. O pior não era o pedido ter sido assinado por dois delegados de polícia, mas ter sido chancelado pelo juiz de direito plantonista no dia seguinte após o pedido, sem qualquer oitiva do Ministério Público.

Posto isso, decreto a prisão temporária de representados W▓▓▓▓▓▓▓▓▓▓ ▓▓▓▓▓▓, L▓▓▓ vulgo **PELÚCIA**, T▓▓▓▓▓▓▓▓▓▓▓▓▓▓▓▓▓▓▓▓▓▓▓ e N▓▓▓▓▓▓▓▓▓▓▓▓▓▓▓▓▓, com base no artigo 1º, incisos I, II e III, "a" e "l", da Lei 7.960/1989, pelo prazo de 05 (cinco) dias.

Expeçam-se mandados de prisão, devendo uma cópia ser entregue a cada detido, nos termos do artigo 2º, § 4º, da Lei 7.960/89.

Porto seguro, 07 de julho de 2018.

Percebe-se que, pela primeira vez, "Levi Pelúcia" se torna Levi Darlan, tendo, após sua prisão, seu nome inserido nos autos, de forma a demonstrar sua qualificação. E o que era pior, o nome foi inserido depois da prisão temporária — que, mediante requerimento policial, foi convertida em preventiva —, e perdurou por todo o processo.

Assim, o primeiro interrogatório de Levi Darlan ocorreu em sede policial, no qual afirmou:

declarou: **PERG**.: O QUE O INTERROGADO TEM A DECLARAR SOBRE SER O AUTOR DO DUPLO HOMICÍDIO DE YU█████████████████████ E PA█████████████████? **RESP**.: QUE o interrogado não tem nenhum envolvimento neste crime; QUE não quer falar sobre o assunto; **PERG**.: SE O INTERROGADO CONHECE W█████S, T████, N████? **RESP**.: QUE conhece de vista W████████, mas não sabe nada da vida dele; QUE não conhece T████QUE não conhece NADJA; **PERG**.: SE O INTERROGADO CONHECIA AS VÍTIMAS? **RESP**.: QUE o interrogado não conhecia nenhum dos dois; **PERG**.: ONDE O INTERROGADO ESTAVA NO DIA 25/06/2018? **RESP**.: QUE estava na casa do interrogado, dormindo com sua namorada A████████████, moradora da cidade de Arraial D'ajuda; **PERG**.: A QUAL FACÇÃO O INTERROGADO PERTENCE? **RESP**.: QUE o interrogado não fecha com nenhuma facção criminosa; **PERG**.: SE O INTERROGADO POSSUI ALGUMA PASSAGEM PELA DELEGACIA? **RESP**.: QUE o interrogado tem passagem por tráfico e roubo, quando o interrogado ainda era menor; **PERG**.: SE USA ALGUM TIPO DE DROGAS ILÍCITA? **RESP**.: QUE o interrogado é usuário de maconha; **PERG**.: QUAL A OCUPAÇÃO DO INTERROGADO? **RESP**.: QUE o interrogado não trabalha. Nada mais havendo a ser

Mesmo sem qualquer fato novo ou construção do liame entre os acusados e, ainda, diante da justa negativa e do álibi de Levi Darlan, este passou a ser considerado "Levi Pelúcia, o homicida".

1ª FASE DO JÚRI

Após todos terem sido citados e apresentarem resposta à acusação, Levi Darlan foi defendido pela Defensoria Pública que, ainda em resposta a acusação, juntou aos autos uma declaração que muito me chamou a atenção:

TERMO DE DECLARAÇÃO

Na data de 17/08/2018 compareceu a esta Defensoria Pública Jhon Lennon ████████████ Pintor, filho de ████████████████████████████████, ██████████████████████, ex-empregador de Lu██████████████, afirmando que conhece este desde quando era menor, que o L███████████ trabalho à família quando adolescente, porém que buscou se endireitar, fazendo trabalhos lícitos. Afirma que L███████ trabalha para o declarante como ajudante de pintor, exercendo satisfatório serviço. E, ainda, como mora no mesmo bairro, afirma que Lucas está buscando viver bem com seus familiares e que é um bom vizinho.

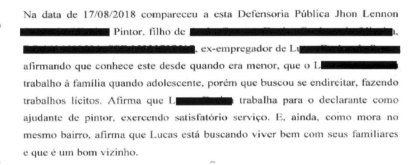

De igual modo, foi levado ao Tribunal de Justiça da Bahia via *habeas corpus* para que trancasse a ação quanto a Levi Darlan, já que faltava justa causa, pedindo também que lhe concedesse a liberdade, o que foi negado em sua totalidade.

Chegado o primeiro dia de audiência de instrução e julgamento, foram ouvidos dois policiais civis, os quais afirmaram que, em sede policial, a acusada Najla declarou que os atiradores seriam Wesley e Levi Darlan — percebendo, assim, que o vulgo "Pelúcia" deixou de ser usado para dar vez ao sobrenome "Darlan".

No entanto, em uma das oitivas, um policial civil relatou:

tempo Tiago vinha sendo investigado; DADA A PALAVRA A DEFESA DOS ACUSADOS W████████████████ S E L████████████████A, QUE FORMULOU PERGUNTAS E OBTEVE AS SEGUINTES RESPOSTAS: que N██ durante a narrativa na delegacia identificou os dois executores, porém não declinou os respectivos nomes completos; esses foram determinados posteriormente pelas investigações policiais; que a qualificação completa dos outros acusados foram obtidas pelos investigadores a partir das informações prestadas por colaboradores da polícia e também pela identificação por meio de fotos e dados registrados no órgão; que foi

PODER JUDICIÁRIO DO ESTADO DA BAHIA
Comarca de Eunápolis
1ª Vara Criminal   Réu Preso
Avenida Artulino Ribeiro, nº 455, Dinah Borges - CEP 45830-100,
Fone: (73)   3281-6282,   Eunapolis-BA   -   E-mail:
eunapolis1vcrime@tjba.jus.br

apreendida uma arma com T██ porém o depoente não sabe se essa teria sido utilizada no crime; que L██ e W██ estiveram na boate, porém o depoente não sabe se o tempo todo. Nada mais disse, nem lhe foi perguntado, pelo que o Meritíssimo Juiz, determinou o encerramento do presente termo que lido e achado

Assim, a defesa conseguiu demonstrar que havia, no mínimo, um labirinto na conversão de "Levi Pelúcia" em Levi

Darlan, que precisava ser mais bem detalhado, já que, segundo o agente, tratava-se de uma elucidação com base nas investigações. Naquela época, pouco se falava na cadeia de custódia das provas. Não à toa, até ali, nenhum liame foi criado e as informações prestadas em testemunhos eram desencontradas.

Dos atos finais da primeira fase

Antes mesmo que houvesse uma decisão terminativa quanto à ida ou não do acudo para ser julgado pelo júri popular, foram impetrados três *habeas corpus* pela Defensoria Pública em seu favor, tendo sido todos eles denegados.

Ao fim, o Ministério Público requereu a condenação nos termos da denúncia, dando ênfase ao depoimento dos policiais. De outra banda, a defesa requereu a absolvição pela falta de indícios mínimos de autoria.

No entanto, em decisão extensa (há quem diga que excessiva em sua linguagem), os acusados foram pronunciados, basicamente, em decorrência do depoimento da corré Najla, que delatou os nomes e fez reconhecimento fotográfico. Os autos foram desmembrados, separando os autos da acusada delatora, que estava em liberdade, e deixando que os acusados presos permanecessem juntos, para evitar maior demora nos trâmites legais.

Vistos, relatados e na conformidade da fundamentação supra, Julgo procedente a denúncia para pronunciar T██████████████████████, W███████████████s e Lucas D████████████████ incursos nas penas do art. 121, § 2º, Incisos I e IV, c/c art. 29, ambos do Código Penal, e, com fundamento no art. 413, do CPP[1], submetê-los a julgamento pelo Tribunal do Júri.

Transitada em julgado, atenda-se ao art. 422, do CPP.

Publique-se. Intimem-se.

A prisão cautelar dos três réus deve ser mantida, em razão de continuar presente um dos seus requisitos, qual seja, a necessidade de garantir a paz social, diante da periculosidade concreta dos acusados,

Decisão – Página 24 de 24

AP ████████.2018.8.05.0079

exteriorizada às escâncaras pelo modus operandi dos supostos homicídios, que teriam sido praticados em plena via pública e após os quais os autores, ainda segundo a prova testemunhal, se "gabaram dizendo que conseguiram atirar na cabeça".

Também conduzem a conclusão de que os acusados são de alta periculosidade os seus respectivos históricos, comprovados nos autos por prova documental (fls. 139/142), incluindo condenação anterior, ações penais em andamento e processos por atos infracionais.

Publique-se. Intimem-se.

Eunápolis, 22 de abril de 2020.

Assim, foi interposto recurso em Sentido Estrito pela Defensoria Pública em favor de Levi Darlan e Wesley; e para o terceiro pronunciado, por seu advogado constituído — tendo, àquela altura, já alcançado quase dois anos de trâmite processual e cárcere dos acusados. Com isso, houve desistência em recorrer por parte de Wesley, tornando seu processo apto para ser julgado pelo júri. No entanto, naquela época, enfrentava-se o vírus da Covid-19 e, por esta razão, os expedientes forenses estavam suspensos, inviabilizando a realização do julgamento popular.

Em meio à discussão acerca da realização ou não do plenário e às consecutivas negativas quanto ao pedido de liberdade, lá se foi mais um ano... Em maio do ano de 2021, saiu o acórdão negando, na integralidade, os recursos defensivos, consolidando, assim, a decisão de pronúncia.

Diante disso, todos os três pronunciados e o Ministério Público foram intimados a trazer aos autos as testemunhas que seriam ouvidas em plenário, para data que ainda não se sabia. Naquela época, estava a representar os dois pronunciados acusados de serem os executores: Levi Darlan e Wesley. Ao total, alcança-se quase 20 testemunhas que seriam ouvidas.

Ao fim, após inúmeras requisições e *habeas corpus*, finalmente, a sessão do júri foi marcada para o dia 06 de junho de 2022, exatamente 1.480 dias (ou 4 anos e 5 dias) após a prisão.

O DIA DO JULGAMENTO

Lembro-me que, ao fim do decreto que suspendia a realização do plenário do júri em decorrência da Covid-19, foi uma grande corrida para adimplir a agenda. Prova disso foi que, naquela mesma semana, em um período de 7 dias, tive 3 júris marcados, sendo dois na cidade de Ilhéus/BA e um em Eunápolis/BA. Tendo em vista que meu domicílio é em Vitória da Conquista/BA, seria pouco mais de mil quilômetros percorridos.

E assim foi feito, após os dois júris na cidade de Ilhéus, rumei para a cidade de Eunápolis, ainda no fim de semana, para o último plenário que ocorreria na segunda-feira. Ressalta-se que ainda não conhecia pessoalmente os patrocinados, em decorrência da reclusão carcerária e isolamento pandêmico.

Cheguei naquela calorosa cidade, não à toa, vizinha a Porto Seguro, e, antes mesmo do devido descanso, precisava cuidar dos detalhes finais, já que a batalha que se aproximava, sabidamente, seria exaustiva, ainda mais, quando se tratava da defesa de dois dos acusados, supostos executores de um crime que chocou a cidade — e, mesmo já tendo se passado 4 anos, continha um grande clamor popular e midiático.

Já na segunda-feira, cheguei costumeiramente anterior à hora marcada para poder me ambientar naquele plenário e conhecer as pessoas, até então, desconhecidas. Ignota também era a figura dos patrocinados, dos quais aguardava ansiosamente pela chegada da unidade penal, para que pudesse, formalmente, apresentar-me e colher mais alguns detalhes necessários à defesa.

Eles chegaram conduzidos por inúmeros agentes de segurança portando armas das mais variadas — em especial, uma AK-47 produzida pela antiga URSS com acabamento de madeira —, mas que não chamaram tanta atenção quanto os acusados, que estavam acorrentados das mãos aos pés, passando à frente dos cidadãos que, posteriormente, seriam eleitos jurados, gerando um grande prejuízo à defesa, uma vez que a primeira impressão costuma ser a que fica.

Ali, pude me apresentar e ouvir, pela primeira vez, direcionada à mim, a súplica de justiça, afirmando não aguentarem mais tamanha angústia, que já ultrapassava 4 anos. Expliquei que a missão seria árdua, mas meu compromisso de entregar a melhor defesa seria irrenunciável.

ABERTA A SESSÃO DE JULGAMENTO – 1º DIA

Inicialmente, conferindo as certidões das testemunhas de defesa arroladas, percebi que uma delas, fundamental na defesa de Wesley, não havia sido localizada, sem que tivesse a defesa sido intimada para apresentar novo endereço.

Por essa razão, já que havia sido arrolada em caráter de imprescindibilidade, requeri em pregão que a defesa iria insistir da oitiva dela, o que, consequentemente, levaria ao desmembramento do julgamento quanto aquele acusado. Assim, o dia que era reservado ao julgamento de três acusados, passou a ser de somente dois. Quanto a Wesley, eu não sabia, até então, mas aquele seria o último dia que lhe representaria, tendo, alguns dias após, por divergências técnicas, renunciado o seu patrocínio para que pudesse buscar por um novo defensor.

Assim, naquela ocasião, seriam julgados o suposto mandante e o suposto executor, aos quais eu tinha a missão de provar a inveracidade das acusações. De logo, foram ouvidas as testemunhas de acusação, sendo, em sua totalidade, agentes de segurança — em especial, investigadores e delegados da Polícia Civil que conduziram as investigações.

Destaca-se, no depoimento de um dos delegados, o adjunto que auxiliou nas investigações, que, após estratégica inquirição, afirmou:

é necessário para ter certeza de quem é a pessoa investigada; DADA A PALAVRA A DEFESA DO RÉU L███████████████████, QUE FORMULOU PERGUNTAS E OBTEVE AS SEGUINTES RESPOSTAS: que não se recorda da existência de investigação contra Lu███████████ em derredor de outro fato, embora saiba "que ele tinha passagens anteriores"; a informação é de que o indivíduo Pelúcia tinha saído há pouco tempo do presídio; que foi a seção de investigação que deu essa informação; que para o depoente, além dos investigadores, "apenas N██ indicou a participação de L███ Pelúcia nos fatos"; que não se recorda se N██ apresentou inicialmente as características de L███, porém ela inicialmente declinou o apelido Pelúcia e coube ao SI aprofundar na investigação para identificar; que acredita que o SI buscou levantar quais eram "os L██s" que saíram naqueles quatros meses da prisão; que não sabe dizer se a identificação de L███Darlan decorreu desse levantamento ou de outros meios; que não tem informação sobre quando ocorreu a prisão de L██; que o chefe da investigação é o policial ████████; quando o depoente expressa "foi feito um filtro", significa que o serviço de investigação coletou um nome e apartir daí fez investigação de dados para posteriormente informa-la a autoridade policial; ou seja, o serviço de investigação não obtém um nome e já em seguida insere na investigação sem que antes desenvolva pesquisas confirmatórias em torno do investigado; que desconhece se houve outra testemunha que levou o nome ao investigador; que até onde se recorda, N██ disse que todos on indivíduos que

A informação de que "Levi Pelúcia" havia saído da prisão pouco mais de 4 meses antes do crime ali julgado, mudaria todos os rumos, pois se tratava de informação nova. Até então, não se sabia como a Polícia Civil transformou o delatado pela corré em Levi Darlan.

Nos autos, não tinha qualquer menção à prisão de Levi, que não fosse na sua menoridade, e, de pronto, questionei a ele se havia saído do presídio naquele tempo, ao que respondeu de forma negativa.

Aos poucos, estava a robustecer a improvável tese de negativa de autoria. Ainda era uma luz no fim do túnel, mas, em meio à grave situação, representava um suspiro de esperança. De imediato, na tentativa de contestar as provas angariadas pela defesa, o juiz presidente daquela sessão iniciou a inquirição da testemunha seguinte, com clara intenção de solidificar a acusação. Mas, quando inquirido pela defesa, afirmou que a identificação de Levi se deu de maneira informal:

fatos. DADA A PALAVRA A DEFESA DO RÉU L████████████████, QUE FORMULOU PERGUNTAS E OBTEVE AS SEGUINTES RESPOSTAS: que os colaboradores que informaram que L███ estava na boate apenas o fizeram informalmente, sem se identificarem, por medo de represália; que não acompanhou o interrogatório de L████████ na delegacia; que L███ disse em seu interrogatório que no momento do crime estava em casa com uma namorada; o depoente não se recorda se ele falou o nome dessa namorada; que não se recorda se Aline Pimenta foi ouvida durante a investigação; que se um investigado diz que na hora do crime está em outro local, haverá investigação em torno do álibi se o delegado determinar; que não tem conhecimento de quando teria ocorrido o furto ou o roubo pelo qual L███ estava sendo investigado; que não sabe dizer se Lucas Pelúcia já era conhecido por esse apelido anteriormente; que não sabe se Lucas participou, ou não, da briga no interior da boate; que não sabe se L███ Darlan já teve desavença com as vítimas ou V████████; que perguntado pela defesa qual teria sido o motivo de L██████ n ter participado dos crimes, respondeu que L██████ D████ é membro da facção PCE e deve ter participado do crime porque era o que estava no grupo no momento, como poderia ser qualquer outro; que na verdade, o depoente não sabe se L████████ n tem ou não motivação, mas afirma que é membro da facção PCE;

A sensação ao ter extraído aquelas informações de dois delegados de polícia era indescritível, era tudo que eu precisava para ir aos debates. Naquele momento, estava a me segurar, já que meu intento era que tudo se encerrasse para dar início aos debates, mas ainda estávamos no primeiro dia de julgamento.

Ao cair da noite, recordo-me que, por volta das 20h, ainda não tendo chegado ao fim da oitiva das testemunhas, foi suspenso o julgamento pelo juiz presidente. que determinou o retorno para o dia seguinte, às 8h da manhã. Como providências, determinou a manutenção do sigilo entre jurados, proibindo-lhes a comunicação entre si e com o externo, passando a noite enclausurados no hotel.

RETOMADA A SESSÃO DE JULGAMENTO – 2º DIA

Após uma noite pouco dormida, com a responsabilidade de uma vida encarcerada injustamente em minhas mãos, acordei cedinho para tomar café no hotel e retornar ao Fórum. Chegando lá, foi retomada a sessão, dando continuidade às oitivas das testemunhas.

Passadas as testemunhas de acusação e as de defesa do corréu suposto mandante, foi ouvida uma testemunha de defesa de Levi, fundamental para esclarecer os fatos. Tratava-se de uma vizinha de bairro, que estava em uma festa em outro extremo da cidade, distante da boate onde ocorreu o crime, tendo esclarecido:

pessoas ligadas a facções, mas não mexe com a gente; que a depoente no dia do crime ora apurado estava no Bairro Pequi, no Espaço Rondelli; que L▬▬▬ estava também neste espaço; ele estava com uma moça, a quem a depoente não conhece; que soube do crime no outro dia a que esse aconteceu; que soube pelo Radar 64; que não ouviu comentários de populares a respeito do crime; também não ouviu comentários sobre quem seria os atiradores; que a depoente viu L▬▬▬ espaço da festa uma hora da manhã, quando a mesma foi embora, "isso porque olhou no celular"; que foi informada pela avó de L▬▬ sobre a prisão desse; que ficou chocada quando soube da prisão, porque tinha visto L▬▬ no espaço; que a avó de L▬▬ apenas comentou que ele fora preso; que nenhum outro parente ou outra pessoa não parente comentou a

Era a "cereja do bolo", pois, além de conseguir gerar dúvida quanto ao reconhecimento de Levi Darlan como sendo executor, com aquela testemunha conseguimos provar que ele não esteve naquela boate, mas sim, em uma festa gratuita em outro extremo da cidade.

Além disso, Levi Darlan não tinha condições financeiras de frequentar o espaço onde o crime ocorreu, ou ao menos tinha transporte para se deslocar até a cena do crime, demonstrando, assim, a sua não participação.

Ouvidas as testemunhas remanescentes; passado o interrogatório do corréu Tadeu, que fez sua autodefesa e afirmou conhecer Levi Darlan e que ele não estava na boate naquela noite; chegou o tão esperado interrogatório do meu patrocinado.

Ao ser ouvido, negou categoricamente a participação em organização criminosa e no crime de homicídio, assim como conhecimento de quem seriam as vítimas, revelando não haver qualquer motivação ou intento no assassinato. Destacou ter tido problemas com a justiça ainda na sua menoridade, mas que passou a se dedicar ao trabalho honesto.

RESPONDEU O RÉU: que não é verdadeira a imputação; que por orientação de seu advogado não vai responder essa pergunta. DADA A PALAVRA AO MINISTÉRIO PÚBLICO, QUE FORMULOU PERGUNTAS E OBTEVE AS SEGUINTES RESPOSTAS: que na verdade não sabe porque está sendo acusado; que não conhece N██████ T█████ e W██████; que não se encontrava na boate no dia do crime; que estava numa festa junina no bairro Pequi; que M█████ viu o interrogando na festa no domingo, tendo falado com ela de quem é vizinho; que atualmente conta com 22 anos; que desde a sua maioridade somente respondeu ao presente processo; quando era menor praticou ato infracional, inclusive cumpriu medida socio educativa; quando "completei dezoito anos, minha mãe me colocou na parede para que eu virasse homem, a partir de quando tive filho e passei a trabalhar"; que na menoridade foi para a delegacia por diversas ocorrências, mas em nenhuma delas o W██████ estava envolvido; que questionado pelo Dr. Promotor com a informação de que acessando os processos do interrogando quando o mesmo era menor identificou um em que o interrogando respondeu com outros quatro adolescentes, dentre eles W██████ e o irmão deste de prenome Wiris, o interrogando respondeu "eu não me recordo"; que mora no Bairro Moisés Reis e veio conhecer W██████ na prisão; que foi preso no dia 14 de agosto e foi preso dentro de casa; que a policia não levou telefone nem outro objeto do interrogando; que a sua prisão foi realizada da seguinte forma: "Ge█████o e P████ policial bateram na porta da casa do interrogando e quando a avó deste ia atender o interrogando disse que ele mesmo atenderia, pois já estava saindo para o trabalho; quando o interrogando abriu a porta deparou-se com Ge██████ e P████ sendo que

PODER JUDICIÁRIO DO ESTADO DA BAHIA
Comarca de Eunápolis
1ª Vara Criminal   Réu Preso
Avenida Artulino Ribeiro, nº 455, Dinah Borges - CEP 45830-100,
Fone: (73)   3281-6282,   Eunapolis-BA   -   E-mail:
eunapolis1vcrime@tjba.jus.br

Genivaldo já foi enrrguelando o interrogando; o interrogando perguntou o que é isso seu Ge█████o? Ele respondeu: você vai saber; a avó do interrogando disse que meu neto não tem nada a ver com isso aí que vocês estão querendo; nessa hora o interrogando perguntou: tem mandado de prisão? E os policiais disseram: o mandado de prisão somos nós; a avó do interrogando começou a passar mal e o interrogando pediu que ela se acalmasse e em seguida foi levado para a delegacia, onde foi colocado em uma sala e o delegado H████do perguntou ao interrogando você vai colaborar? Ou quer que a gente pegue pesado? O interrogando respondeu 'colaborar com o que?' e os policiais perguntaram-lhe cadê I.██s Pelúcia?; o interrogando respondeu perguntando quem era L██s Pelúcia e G███████. então, disse: ele não quer colaborar não; em seguida, Dr. Be███████disse "ah, então vou lhe dar um presentinho! e saiu, retornando com uma roupa de cor laranja, ordenando que o interrogando a vestisse e dizendo: com essa roupa você vai ficar famoso e ainda mandou que o interrogando fizesse cara de mal; que o interrogando ficou então na delegacia, quando a sua irmã informou que o interrogando estava sendo acusado de participar dos homicídios acontecidos na House; sete dias depois, o interrogando veio para a audiência de custódia e posteriormente foi encaminhado para o presidio; que não estava preso em 2018; que nunca passou, exceto agora, pelo sistema carcerário; que se for pesquisado no primeiro semestre de 2018 não será encontrado registro de prisão do interrogando; que não tem apelido, principalmente de Pelúcia; que não conhece Dada, Rena e Sirlon. DADA A

Ainda era só o começo. Além de desmascarar a investigação, criando dúvidas, precisávamos, naquele momento, fazer o papel da acusação e dar provas do real autor dos fatos.

quinzenalmente; que o interrogando não foi submetido a nenhum reconhecimento na delegacia; que ao ingressar no Conjunto Penal de Eunápolis preso no presente processo foi informado que ali esteve preso um indivíduo conhecido como João Lucas, vulgo Pelúcia, e que teria saído pouco tempo antes da prisão do interrogando, que ocorreu em 15 de agosto de 2018; por isso é importante se fosse verificado essa informação, pois o interrogando esperou quatro anos para chegar aqui e esperar mostrar sua inocência; que no momento do crime estava no barracão do Pequi, onde se encontrou "com uma ficante de nome A███████, e após encontrar-se com esta ambos se dirigiram de táxi para a casa do interrogando no Bairro Moisés Reis e já na casa do interrogando dormiram, sendo que durante o tempo em que o interrogando dormia Aline fez

Se havia um Levi Pelúcia, esse não se tratava de Levi Darlan, mas, por conta de uma visão de túnel ou mesmo "preguiça" investigativa diante do menor esforço, meu cliente foi eleito para se concluir mais um caso de homicídio e prestar inúmeras entrevistas ao glamour dos holofotes midiáticos.

O delegado que presidiu o inquérito policial, ao prestar depoimento incrementando os fatos de forma tendenciosa contra os acusados, acrescendo os fatos verdadeiros diante dos jurados, demonstrou fortes indícios de falso testemunho. De pronto, durante a oitiva, foi solicitada a formulação de quesito aos jurados quanto ao cometimento ou não do crime de falso testemunho e prevaricação.

do quesito do falso testemunho". A defesa do réu L█████████████ também formulou requerimento nos seguintes termos: "Se L█████████████ nas fls. 251 teria incorrido em falso testemunho ao afirmar: "Najla relatou que ao sair da boate foi abordada por W█████ e L█████████, os quais estavam armados"; "que estavam presentes nos momentos dos disparos as acompanhantes das vítimas e as mesmas participaram de auto de reconhecimento dos acusados e os reconheceram"; ter afirmado em Plenário ter certeza que l██████████ é L██████████████; falso testemunho também em relação a G████████████em fls. 253 "que N███foi convidada por L██████████ e W██████ sair da boate para levá-los até o

Posto Colorado"; se teriam os investigadores G█████████████ (fls. 253) e A████████(fls. 295) e os Delegados B██████████████ R██████████████ (fls. 276) teriam prevaricado: 1ª Prevaricação: juntar as imagens de segurança do circuito de segurança da boate; 2ª prevaricação: não ter feito reconhecimento de L█████████na delegacia como sendo l███████ Pelúcia; 3ª prevaricação em relação a testemunha Genivaldo, por ter uma suposta conversa com J████████a não juntando-a no processo; 4ª prevaricação: denunciação caluniosa contra o delegado B██████████████ por ele ter prendido L██████████████como sendo Lucas Pelúcia, o que sabia não ser. Do que para constar faço este termo que, depois de lido e

Posto Colorado"; se teriam os investigadores G███████████ (fls. 253) e A██████ (fls. 295) e os Delegados B████████████ R███████████ (fls. 276) teriam prevaricado: 1ª Prevaricação: juntar as imagens de segurança do circuito de segurança da boate; 2ª prevaricação: não ter feito reconhecimento de L███████████ na delegacia como sendo I██████ Pelúcia; 3ª prevaricação em relação a testemunha Genivaldo, por ter uma suposta conversa com J████████ não juntando-a no processo; 4ª prevaricação: denunciação caluniosa contra o delegado B████████████████ por ele ter prendido L████████████████como sendo Lucas Pelúcia, o que sabia não ser. Do que para constar faço este termo que, depois de lido e

Aquele foi um momento de "tudo ou nada", e não poderíamos deixar que a acusação o fizesse com base em mentiras. O depoimento de agentes de segurança perante os olhos e ouvidos dos jurados tem grande influência na votação e, em razão disso, as mentiras deveriam ser incisivamente combatidas com a coragem esperada de uma defesa aguerrida, ao preço que fosse preciso pagar.

PREPARAÇÃO PARA OS DEBATES

Lembro-me que foi encerrada a oitiva e suspensa a sessão por algumas horas, para que o almoço fosse serviço. Já era por volta das 13h do 2º dia de julgamento e todos estavam exaustos, mas, mesmo não conhecendo de forma profunda o trabalho do Promotor que ali militava de forma aguerrida fazendo a acusação, senti que nele havia a humanidade e a galhardia de um homem justo.

Dirigi-me até a mesa dele com todo meu esboço, apontando as falhas da acusação e da tese defensiva, então, disse: "Aqui está toda minha tese defensiva, o Ministério Público denunciou o homem errado e hoje o senhor tem o poder/dever não de devolver os 4 anos que ele esteve preso, mas de fazer com que ele tenha uma vida de hoje em diante".

Até aquele momento, não tinha certeza se era a coisa certa a ser feita e não conseguia elaborar uma leitura da reação do Promotor, que parecia incrédulo, então, continuei disparando: "Levi Pelúcia é João Levi e saiu do presídio por volta de 4 meses antes do crime, mas Levi Darlan, em sua maioridade, nunca antes havia sido preso, muito menos com o corréu. O senhor tem a senha do sistema e pode acessar processo em segredo de justiça. Eu não posso, mas Levi Darlan me garantiu que, se abrir o processo, vai ter a única certeza de que ele nunca teve esse vulgo e que não foi preso com o corréu Wesley e saiu do conjunto penal alguns meses antes do homicídio".

A expressão dele continuava a mesma, a de incredulidade. Eu nunca tinha entregado toda minha tese defensiva a um Promotor de Justiça às vésperas de sua sustentação, mas meu coração dizia que eu precisava arriscar. Dessa vez, em poucas palavras, o Promotor afirmou que iria junto ao seu assessor fazer todo levantamento das alegações. Por fim, disse a ele que se provasse que o alegado estava errado, eu mesmo desistiria da tese de negativa de autoria e pediria a condenação de Levi Darlan.

Algumas horas se passaram e, tendo todos retornado do almoço, foi reaberta a sessão, direcionando a palavra ao Promotor, para que fizesse suas considerações. Em seu rosto apático e fala robusta, não se percebia qual direção tomaria, contudo, era certo seu conhecimento quanto às mais de mil páginas que continha o processo.

De prova em prova, destrinchou do inquérito às provas exibidas em plenário, ainda sem juízo de valor quanto ao pedido que faria o que gerava apreensão e esperança na banca defensiva. Já próximo das duas horas de fala, afirmou: "Vim convicto da culpa de Levi Darlan e, por isso, até agora há pouco estava pronto para pedir sua condenação. No entanto, fui alertado pelo seu advogado, que me trouxe luz a sombras que pairavam e agora não tenho a mesma certeza. Como fiscal da lei, tenho dúvidas se o réu Levi Darlan aqui sentado é realmente o atirador Levi Pelúcia, e frente a dúvida e falta de provas, não posso pedir sua condenação. Não posso afirmar que foi, ou mesmo que não foi ele o atirador, mas quem decide são vossas excelências".

Não consegui conter o sentimento de felicidade, mas ainda era cedo para comemorar. Como sempre digo, o júri é uma caixinha de surpresas, onde tudo pode acontecer, então, precisava continuar vencendo o cansaço e dando meu melhor.

Para a defesa dos dois acusados, restava a divisão por igual das 2h30min previstas pela legislação, tendo começado pelo defensor de Tadeu, que falou por 1h15min, alegando sua inocência quanto ao mando do crime e total desconhecimento e controle dos fatos.

Encerrada a defesa do suposto mandante, restava a mim dar voz a quem estava amordaçado pela injustiça há 4 anos. Como de costume, saudei os presentes, em especial, ao Promotor de Justiça, que não sucumbiu aos holofotes da mídia ou mesmo ao clamor das ruas que sem qualquer conhecimento dos autos que bradavam pela condenação, abrilhantando com honra a instituição da qual faz parte.

Mas ali, teria que pedir vênia para discordar, já que o nobre *parquet* afirmou ter dúvidas quanto à participação de Levi Darlan na empreitada criminosa, e eu iria além, dando aos jurados a certeza da total impossibilidade de ter sido ele o autor do crime.

Como as provas da acusação tinham sido muito bem expostas e meu tempo era exíguo, restava-me usá-lo com sabedoria nas provas que davam certeza da inocência daquele que se sentava, injustamente, no banco dos réus. Foi então, que, de forma cordial, dirigi a palavra novamente ao Promotor de Justiça, consultando-lhe — sem a certeza da resposta — sobre qual teria sido sua conclusão quanto ao suposto crime que Levi havia praticado junto ao corréu (2º atirador), explicando aos jurados que se tratava de processo em segredo de justiça, por isso não tive acesso.

Em soneto ministerial, ouvi que não havia nos autos qualquer prova dessa ligação entre corréus ou mesmo do apelido "Pelúcia", afirmando que o vulgo era outro, do qual não mais me recordo.

BINGO! Além de quebrar qualquer ligação com o corréu que foi reconhecido como o atirador, não havia, no único processo criminal quando ainda menor, qualquer menção ao vulgo "Pelúcia", o que fortalecia a tese de negativa de autoria e demonstrava a imputação do crime ao Levi errado.

Mas era preciso mais e ir além das dúvidas, afinal, era a palavra de dois delegados de polícia e quatro anos de persecução criminal contra a palavra de um suposto homicida e seu advogado. Afirmei, inclusive, que os jurados poderiam, ao fim da sustentação, quando questionados pelo juiz se estavam preparados para votar, pedir esclarecimentos no sentido de diligenciar um oficial de justiça e requerer junto ao presídio a lista de saída daquela unidade para provar que Levi

Darlan lá nunca esteve, muito menos, saiu da unidade alguns meses antes do homicídio.

Aos amantes do processo penal, poderia a defesa ter requerido, em momento oportuno, do art. 422, no entanto, a informação não era sabida na época, tendo sido pega de surpresa em plenário. A lista com as saídas seria crucial para chancelar a inocência de Levi Darlan. Deixei para que os jurados, se tivessem alguma dúvida antes de votarem, solicitassem-na ao juiz presidente.

Apontei falhas, como a decretação da prisão e expedição do mandado de prisão apenas com nome "Levi", sem endereço ou qualquer característica que o individualizasse; e o interrogatório de Levi Darlan, que afirmou ter sido agredido para contar quem seriam os envolvidos, afirmando que os delegados deram um "presente" a ele por não colaborar.

Era muito mais do que uma simples dúvida ou uma argumentação defensiva. Conseguimos demonstrar a lacuna no reconhecimento e os motivos que levaram ao erro/negligência da identificação de Levi Darlan como sendo Levi Pelúcia. Estávamos diante de uma mistura do que chamamos de viés confirmatório com racismo criminal e menor esforço investigatório.

Pobre, preto, periférico e com "antecedentes": Levi Darlan era a persona perfeita para se tornar "Levi Pelúcia, o homicida de alta periculosidade". Afinal, quem não acreditaria? Ou mesmo, quem o defenderia de forma eficiente para provar sua inocência? Não diferente, já estava, desde os seus 18 anos, transformado em homem/criminoso nos seus 4 anos recluso, injustamente, em uma unidade prisional.

Para além de implantar a dúvida, busquei dar certeza aos jurados de que aquele homem estava ali injustamente sentado na cadeira que não foi feita para ele, mas sim, para João Levi, o verdadeiro "Pelúcia", que naquele momento estava em liberdade, rindo impunimente da incompetência do sistema de justiça. Agradeci aos jurados e encerrei meu tempo.

Questionado o Promotor se retornaria em réplica, assim não o fez. Perguntado aos jurados se estavam aptos a julgar a causa, responderam que sim. Ali eu gelei, esperava que os jurados fossem buscar pela diligência ao presídio, como sugeri, para sanar qualquer dúvida que tivessem. Em sua negativa, temi não ter feito um bom trabalho.

SALA SECRETA

Esvaziado o público presente para que fosse feita a votação no plenário, já que não havia sala secreta, foram iniciadas pelo juiz presidente as explicações de como funcionaria a votação.

Distribuídas as cédulas de "SIM" e "NÃO", como apregoa a lei, questionou-se primeiro quanto à materialidade (se houve morte decorrente de disparo de arma de fogo), o que era unânime. Pretendiam a defesa e acusação que a resposta fosse "SIM" e, por maioria, assim foi decidido.

Por se tratar de duas vítimas, faz-se uma série de quesitos para cada homicídio. Quanto à primeira vítima, distribuídos os votos e reconhecida a autoria, foi questionada a autoria (ou seja, se foi Levi Darlan que atirou). Ao serem recolhidos os votos — em verdadeiro teste para os cardíacos — , uma a uma, cada cédula trazia um "SIM" e um "NÃO", alternadamente, tendo que abrir o sétimo e decisivo voto que trazia um "NÃO", negando ter sido Levi Darlan que atirou na primeira vítima.

1º) No dia 25 de junho de 2018, por volta das 4 horas, nas imediações do Posto de Combustível Colorado, próximo a "Boate 775", neste Município, em virtude de disparos de arma de fogo, a vítima Yu██████████████████tas sofreu as lesões descritas no laudo de exame de fls. 79/80?

2º) O réu Lu████████████za, qualificado nos autos, praticou tal fato efetuando os disparos contra a vítima?

3º) O Jurado absolve o acusado?

4º) O motivo do crime praticado pelo réu L████████████████ foi torpe, porque consistiu em guerra entre facções, por serem as vítimas "alemãs"?

5º) O réu Lu███████████████za praticou o crime mediante recurso que tornou impossível a defesa da vítima, porque esta foi colhida de surpresa?

TERMO DE RESPOSTAS AOS QUESITOS
RÉU L█████████████████
(ART. 488, DO CPP)

PRIMEIRA SÉRIE
EM RELAÇÃO A VÍTIMA Y███████████████████

QUESITOS	AVALIAÇÃO	SIM	NÃO
1º QUESITO		MAIORIA	MINORIA
2º QUESITO		MINORIA	MAIORIA
3º QUESITO		PREJUDICADO	PREJUDICADO
4º QUESITO		PREJUDICADO	PREJUDICADO
5º QUESITO		PREJUDICADO	PREJUDICADO

O júbilo estava estampado, mas ainda não era o momento. Havia a votação sobre a segunda vítima e a tensão logo tomou a expressão facial. Ao serem recolhidos os votos, novamente, de um a um, alcançou-se o empate no sexto voto, desempatando no sétimo, que também reconheceu a negativa da autoria do crime. Reconheceram os jurados que Levi Darlan não era Levi Pelúcia e, por isso, declararam a sua inocência e estamparam a grave injustiça sofrida por aquele garoto que foi obrigado a se tornar homem durante os 4 anos injustamente preso.

QUESITOS
RÉU Lucas Darlan de Souza
2ª SÉRIE
EM RELAÇÃO A VÍTIMA P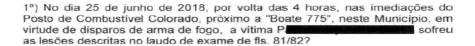

1º) No dia 25 de junho de 2018, por volta das 4 horas, nas imediações do Posto de Combustível Colorado, próximo a "Boate 775", neste Município, em virtude de disparos de arma de fogo, a vítima P███████████████ sofreu as lesões descritas no laudo de exame de fls. 81/82?

2º) O réu L███████████████, qualificado nos autos, praticou tal fato efetuando os disparos contra a vítima?

3º) O Jurado absolve o acusado?

4º) O motivo do crime praticado pelo réu L███████████uza foi torpe, porque consistiu em guerra entre facções, por serem as vítimas "alemãs"?

5º) O réu L███████████████a praticou o crime mediante recurso que tornou impossível a defesa da vítima, porque esta foi colhida de surpresa?

TERMO DE RESPOSTAS AOS QUESITOS
RÉU L█████████████████████████
(ART. 488, DO CPP)

QUESITOS	AVALIAÇÃO	SEGUNDA SÉRIE EM RELAÇÃO A VÍTIMA P████████████	
		SIM	NÃO
1º QUESITO		MAIORIA	MINORIA
2º QUESITO		MINORIA	MAIORIA
3º QUESITO		PREJUDICADO	PREJUDICADO
4º QUESITO		PREJUDICADO	PREJUDICADO
5º QUESITO		PREJUDICADO	PREJUDICADO

Por fim, aos pedidos de reconhecimento de falso testemunho e prevaricação dos agentes se segurança, decidiram os jurados de forma afirmativa. Assim, estava escancarado o erro judicial envolvendo um garoto de 18 anos, declarando como responsáveis os delegados de polícia que conduziram a investigação. Parece simbólico, e na prática sabemos que é, mas representa uma grande vitória do povo contra as arbitrariedades do estado todo poderoso, que costumeiramente avilta nossas garantias e, de forma racista, seja pelo tom da pele ou CEP, injustamente transforma jovens em criminosos, na tentativa de robustecer os números de casos elucidados, ou mesmo por pura perversão e falta de caráter.

Retirado o status de secreta, retornou o patrocinado, juntamente com o público, para ouvir a leitura da sentença. Quando lida e declarada a absolvição, Levi Darlan se lançou ao chão de joelhos, aos prantos, agradecendo a Deus em meio ao choro. Quando ele se levantou, entreguei-lhe um abraço fraterno e disse que ninguém poderia lhe devolver os dias sombrios no cárcere, mas Deus estava escrevendo uma nova história na vida dele daquele dia em diante e a decisão de deixar o passado/estigma para trás e viver uma vida de bênçãos seria dele.

Três anos se passaram. Costumo ver algumas fotos nos status dele e dos familiares, no Whatsapp. O tempo correu, a família cresceu e a notícia que tenho é de que Levi Darlan se mantem íntegro, trabalhando e provendo sua família, longe de toda e qualquer criminalidade. Histórias assim me fazem ter certeza de que o agir de Deus é tão perfeito que nos põe onde devemos estar e usa pessoas para espalhar justiça e bondade.